반경
2km

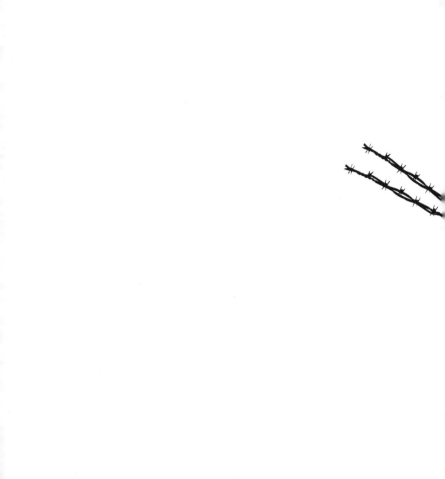

반경
2km

박정해   소설

LIA
JESSE
리아앤제시

어린 날의 나에게

목차

1장

시작

눈물

도저히, 눈물이 흐르지 않아 슬픈 생각을 떠올려 보았다. 그래도 눈물이 나올 기미는 전혀 없다. 인공눈물이라도 넣고 싶은 심정이다.

친한 친구 아버지의 부고 문자를 받았다. 서둘러 퇴근해 집 장롱문을 열었다. 계절에 맞는 상복이 없었다. 편하게 입는 흰색 티셔츠는 많지만 이걸 입을 수는 없었다. 상복은 꼭 검은색이어야만 한다.

장례식장 입구에 현주가 먼저 도착해 있었다. 현주 눈시

울은 벌써 붉어져 있다. 그 모습을 본 순간 난감해졌다. 7호실 빈소로 들어가 고인과 상주를 향해 절을 올렸다. '흑흑'하는 소리가 나 곁눈질하니 현주가 눈물을 줄줄 쏟아내며 울고 있었다. '어쩜 저렇게 주룩주룩 잘 울 수 있을까? 돌아가신 친구의 아버님과 딱히 보던 사이도 아닌데.' 나는 애써 눈물을 쥐어짜 보려 했지만 소용이 없었다. 그저 맥없이 검정 니트의 보풀들을 뜯어내 동그랗게 말아 돌돌 굴렸다. 이내 배고픔이 몰려왔다. 젓가락으로 접시에 놓인 머릿고기를 새우젓에 콕콕 찍어 연달아 먹었다. 나는 육개장 국물에 밥 한 공기를 말아 국물 한 방울도 남기지 않고 싹싹 긁어먹었다. 하지만 이내 무안해져 일회용 스티로폼 그릇에 빨간 국물이 피처럼 스며들어 혈관처럼 퍼져있는 모양을 빤히 바라만 보았다.

세브란스 장례식장에서 나와 맥주 한잔하자는 친구들의 요청을 거절하고 신촌 기차역 방향으로 터덜터덜 걸었다. 한때 화려한 옷 상점이 많던 이대 패션 상가 거리는 코로나 영향 때문인지 비어있는 상가가 많았고 운영 중인 상가조차 서둘러 문을 닫아버렸다. 비가 그친 거리는 어둡고 인적이 드

물었다. 비가 고인 물웅덩이에 비친 도시는 흐려진 불빛으로 인해 장마철의 짜증과는 달리 몽환적으로 보였다. 후텁지근한 여름 습기는 온몸을 땀으로 가득하게 만들었다. 빨리 시원한 곳으로 옮겨 열을식히고 싶었다. 멀리 높은 빌딩 위로 CGV 극장의 붉은 간판이 눈에 들어왔다. 잠시 머뭇거리다 핸드폰으로 영화관 앱을 켜 영화 시간표를 확인했다. 마침 곧 시작하는 영화가 있었다. 보고 싶었던 영화여서 운이 좋다고 생각했다.

영화는 하마구치 류스케 감독의 〈우연과 상상〉이었다. 세 가지 에피소드를 단편 소설 형식으로 묶은 것인데, 마지막 이야기가 가장 좋았다. 영화 줄거리는 고교 시절의 동성 연인을 만나기 위해, 동창회에 참석한 중년 여성의 이야기였다. 어린 시절의 연인을 끝내 만나지 못한 채, 연인으로 착각한 중년의 여인에게 과거에 하지 못했던 말을 털어놓고 떠난다는 내용이었다. 어린 날의 연인을 다른 사람으로 착각할 만큼 변해버린 세월의 무심함과 그와는 반대로 오랜 시간이 흘러도 마음속에 남아있는 변치 않은 마음을 떠올리며 나도 모르게 눈물이 흘렀다. 훌쩍거리다 결국엔 주변 사람은 신경도 쓰지 않고 코까지 팽팽 풀면서 울었다. 실컷 울고 나니 나를 짓눌렀던 무언가가 내려놓아진 기분이 들었다.

극장 밖은 벌써 어둠으로 가득했다. 건물 밖으로 나오자마자 또 다시 습기가 얼굴에 달라붙었다. 가벼워지는가 싶었던 마음은 또다시 가라앉았다. '여름 날씨 때문이야. 습기가 눈물을 불러온 거야.'

집으로 가려고 지하철역을 찾을 때 인스타그램에 새 알림이 떴다. '누구지? 스팸 메시지인가?'하는 생각으로 앱을 켰다. 모르는 아이디였다. 메일이나 블로그에도 친한 사람인 것처럼 접근하는 스팸 메시지가 많아 평소라면 무시했겠지만, 오늘은 왠지 호기심이 생겼다. 상대방의 아이디를 눌러 피드 사진을 살펴봤다. 스크롤을 해봤지만 좀체 알 수 없었다. 그러다 크게 나온 얼굴 사진을 보고서야 알아챘다.

'오성균. 우리 반 부짱.'

신도림으로 향하는 2호선 전철 밖으로 보이는 한강은 어두웠다. 자연스레 짙은 어둠이 모든 것을 덮는 그곳을 떠올렸다. '강원도 철원군 중립면 지대리 평화 초등학교'

2장

학교

전학

초등학교 입학 후 몇 번째 전학인지 마음속으로 세어보았다. 한 번, 두 번, 세 번, 네 번…. 이번이 다섯 번째다. 이사와 전학으로 이루어진 나의 학교생활.

이제 겨우 친해진 친구들과 헤어지는 슬픔보다 낯선 학교생활에 대한 두려움이 언제나 더 컸다.

체육 시간에 100m 달리기를 연거푸 해도 늘 꼴찌를 하는 것처럼, 여러 번 반복해도 안 되는 일이 있다. 이사를 할 때마다 느끼는 불안감은 언제나 스스로 참고 견디어야만 하는 당연함이었다. 나는 이 싸움에 대해 엄마나 아빠에게 말해 본 적이 없다.

아빠는 직업 군인이다. 이번에 전방에 위치한 육군 포병 대대 대대장으로 승진했다. 아빠의 녹색 군복 어깨에는 하얀 무궁화 두 개가 붙어있다. 무궁화가 세 개면 연대장이 되는 거라고 했다.

대한통운이라고 적힌 큰 트럭에 이삿짐을 싣고 새로 살게 될 곳으로 향했다. 커다란 운전대를 잡은 트럭 운전사 아저씨 옆 조수석 자리에는 엄마가 동생을 안은 채 앉았다. 나는 운전석 뒤편 긴 검정 쿠션으로 되어있는 자리에 앉은 것도 아니고 누운 것도 아닌 어정쩡한 자세로 이삿짐처럼 실려 왔다. 비포장도로를 달릴 때는 엉덩방아를 수없이 찧었다. 커다란 트럭 바퀴가 돌덩이를 밟았을 때는 트럭 천정에 머리가 거의 닿을 뻔했다. 멀미가 나 속이 울렁거렸다. 좌석 오른편 손잡이에 검은 봉지 묶음이 차의 움직임에 따라 이러저리 흔들렸다. 차 안에서 그 봉지에 토하고 싶지는 않아서, 시큼한 침을 연달아 꿀꺽 삼켰다. 내일 전학 가는 학교에 첫 등교 할 생각을 하니 속이 더 울렁대면서 심장이 두근거렸다.

드디어 이사할 집에 도착했다. 국방색 면 티셔츠와 군복 바지를 입은 군인 아저씨들이 이삿짐 내리는 걸 도왔다. 아저씨들의 티셔츠 등판이 흘린 땀으로 크게 얼룩졌다. 얼룩은 마치 한반도 모양 같기도 했다. 목에 걸린 군번줄이 간혹 햇빛에 비칠 때면 반짝 빛났다. 군번줄에는 두 개의 인식표가 달려있다. 한 개는 군인들이 전쟁에서 죽게 되면 누군지 알기 위해 입 사이에 끼우고, 다른 하나는 살아남은 군인이 전사자를 알기 위해 가져가는 것이라고 했다.

여섯 살 남동생은 잠이 덜 깨 잘 떠지지 않은 눈을 비비며 두리번거리고 있다.

"동생 잘 봐. 엄마 바쁘니까. 너무 멀리 가지 말고 꼭 집 옆에서만 있어."

이삿짐 정리하느라 분주한 엄마는 단호한 표정으로 신신당부 하고 집 안으로 사라졌다. 많은 상자가 내려졌다. 엄마는 이사 전날 밤까지 슈퍼에서 얻어온 갖가지 상자 안에 신문지로 식기들을 싸고 또 쌌다. 나의 마음도 여기서 저기로 이삿짐처럼 간단히 옮겨지면 얼마나 좋을까. 신문지에서 나오는 잉크 냄새, 종이 냄새를 맡으면 심장이 빠르게 뛰었다. 그 냄새들은 불안을 품고 있었다.

이사 다음 날, 아빠의 전용 지프 차량이 집 앞에 서 있었
다. 엄마는 이삿짐이 완전히 정리되지 않아 집이 어수선한
와중에도 고운 주름치마와 작은 진주 단추가 달린 흰 블라우
스를 꺼내 입고 집을 나섰다. 나는 지프차 앞에 서서 애꿎은
돌멩이를 툭툭 찼다. 작은 흙먼지가 폴폴 일었다. 도로는 모
두 비포장도로이다. 어깨에 멘 빨간 책가방 끈을 두 손으로
단단히 쥐어보았다. 내게 용기가 생기기를 바라며….

　전학을 가는 학교는 강원도 철원군에서도 한참을 들어가
야 하는 곳이다. 여러 개의 검문소를 통과해야 하는 최전방
에 있는 민간인 통제 구역 내 작은 시골 초등학교였다. 학
교는 마을 안 쪽 큰 산 아래 있었다. 하얀색 단층 건물로 마
을 입구에서 보면 납작한 블록 장난감처럼 작게 보였다. 나
는 차 안에서 아이들 몇몇이 학교로 들어가는 걸 흘낏 보고
눈이 마주칠까 두려워 이내 차 앞 유리로 시선을 고정했다.

　전학 절차를 밟고 교무실에서 담임선생님을 만났다. 선생
님은 머리가 희끗희끗하고 큰 키에 유난히 툭 튀어나온 눈알
은 안경알과 맞닿을 듯 보였다. 키가 큰 부엉이 같은 인상의

선생님이었다. 엄마는 선생님께 나를 맡기고 서둘러 집으로 돌아갔다. 남동생을 아랫집에 맡겼기 때문이다. 학교에 가지 않아도 되는 어린 남동생이 부러워졌다.

선생님은 검은색 출석부를 옆구리에 끼고 나무로 깎은 30센티 정도의 회초리를 손에 쥔 채 앞뒤로 흔들며 앞서 걸었다. 나무 복도를 따라 걷는데 아이들의 시선이 몸에 꽂혔다. 보지 않아도 느낄 수 있는 호기심 어린 시선. 전학 첫날 겪어야 할 통과의례이다.

전학을 간 학교는 한 학년에 한 반밖에 없는 작은 학교다. 선생님이 문을 열자 드르륵 소리가 났다. 소음이 뚝 그치고 일순 고요해졌다.

"우리 반에 새로 온 전학생이다. 관사마을로 이사 왔고 모르는 것은 잘 알려주도록 해라. 그럼 이제 친구들에게 인사하고 뒤편 빈자리에 가서 앉아라."

무거운 발걸음을 옮겨 교탁에 섰다. 입을 움찔거려 보았지만 목소리가 탁 걸려 목에서 나오지 않았다. 엄마가 새로 사 준 실내화 코가 유별나게 하얗게 느껴졌다.

"...... 나는 백희나. 만나서 반가워."

겨우 용기를 내어 소개했다.　복도 창문에 다른 학년 아이들이 우르르 몰려와 교실 안을 구경했다. 이럴 땐 동물원 원숭이가 된 기분이다. 수업 시작종이 울리자 창문가에 매달려 쳐다보던 아이들도 각기 흩어졌다.

　선생님이 칠판에 글씨를 쓰기 시작했고, 나는 자리에 앉아 교과서와 공책, 필통을 책상 위에 일렬로 늘어놓았다.　나무 책상은 오래되었는지 반들대고 모서리가 닳아 있었다. 반 아이들은 스무 명쯤 되었는데 여자아이들이 좀 더 많아 보였다. 그때 뒤를 살짝 돌아본 한 남자아이와 눈이 마주쳤다. 유난히 검은 얼굴에 짧게 쳐낸 머리, 작고 살짝 째진 눈의 그 아이는 나에게 잠시 시선을 두더니 이내 눈을 돌렸다.

　다음 날 그 아이가 누군지 알게 됐다. 우리 반 남자아이들 싸움 '짱' 박무신의 오른팔 역할을 하는 '부짱' 오성균이었다.

서열 다툼

강원도 철원군 중립면 지대리 민통선 지역 내 위치한 우리 학교는 군인 가족 자녀들과 외부 이주민들이 정착한 마을의 자녀들이 다닌다. 지역 특성상 전학생이 많은 편이다. 많은 아이들이 전학을 가기도 하고 오기도 한다. 전학생의 존재는 특별한 사건이 없는 시골 학교에 작은 뉴스거리이다.

남자아이 한 명이 우리 학년으로 전학을 왔다. 한 학년에 한 반밖에 없으니 당연히 우리 반이다. 도시에서 이사 온 전학생의 유독 하얀 피부와 펌을 한 옅은 갈색머리는, 햇볕에 그대로 노출되어 까만 얼굴을 한 시골 아이들 사이에서 눈에 띌 수밖에 없었다. 또 그도 그럴 것이 이곳 남자아이들은 대부분 까까머리였기 때문이다.

5학년 우리 반 남자아이들은 싸움으로 서열이 정해져 있는데 싸움 꼴찌인 병수는 머리에 큰 땜빵까지 있었다. 얼굴에는 항상 허옇게 버짐이 피어있었다. 까까머리에 땜빵, 그을린 피부와 버짐이 섞여 얼룩덜룩한 피부는 그 애의 트레이드마크였다. 병수 엄마는 집을 나갔다고 했다. 그래서 할머니와 아빠랑 셋이 산다. 작은 시골 동네에서 그런 소문은 금세 퍼지기 마련이었다. 병수는 자주 짱인 박무신과 부짱 오성균의 샌드백이 되었다. 지나가다 주먹으로 배를 툭, 밥 먹고 있는 머리를 툭 치고 갔다. 그 모습을 본 다른 남자아이들은 모두 크게 웃었다. 병수는 늘 별다른 반응을 하지 않았다.

점심시간에 각자의 도시락을 먹고 나면 아이들은 운동장이나 학교 뒤 공터에서 놀았다. 여자아이들은 주로 고무줄놀이나 사방치기를 했다. 나는 그 무엇에도 흥미를 느끼지 못했다. 심한 몸치라 놀이에 끼기 어려웠다. 5학년 여자아이들의 고무줄놀이는 마치 서커스단 외줄 타기선수의 묘기 같다.

치마 아랫단을 묶은 후 한 손으로 땅을 짚고, 다른 한 손은 술래가 머리 위까지 높이 들어 올린 고무줄을 휙 낚아 채 한 다리씩 차례로 고무줄의 반대편으로 넘어갔다. 그 행위는 내게 놀이가 아닌 노동과 고역일 뿐이었다.

나는 주로 교실에 남아 학급 문고를 읽었다. 모두 빠져나간 교실은 고요하다. 닫힌 유리창 사이로 아이들의 소음이 멀리서 들리는 것처럼 새어들었다. 낮의 해가 길게 들어와 반질반질한 마룻바닥을 비추었다. 홀로 남은 이 순간이 무척 좋다.

창밖을 보는데 우리 반 남자아이들이 학교 울타리를 넘어 낮은 구덩이 쪽으로 우르르 몰려가고 있었다. 흙먼지가 우수수 일고 전학생이 앞서 걸었다. 그 뒤로 남자아이들과 무리의 뒤에서 거들먹거리며 걷는 부짱과 짱의 모습이 보였다.

곧이어 전학생과 병수의 싸움이 시작됐다. 병수는 태엽이 감기다 만 장난감 인형처럼 맥없이 툭툭 주먹을 뻗었고 예상외로 전학생은 요리조리 피했다. 그러기를 몇 차례 전학생이 주먹으로 병수의 얼굴을 힘차게 내질렀다. 병수는 주저앉으며 맞은 눈을 감쌌다. 다른 아이들이 몰려가 병수 주변을 에워쌌고 짱이 전학생의 손을 번쩍 들어 올렸다. 승자는 전학생이었다.

나는 서열 다툼에 예외가 되는 여자 아이라서 참 다행이라는 생각을 했다. 병수는 맞은 눈을 감싼 채 엉망이 된 얼굴로 교실에 들어왔고 남자애들은 와자지껄하게 떠들어댔다. 오성균이 나를 슬며시 쳐다보는 걸 느꼈지만 무시했다. 지난주 오성균이 지나가는 내 발을 걸어 크게 넘어질 뻔했다. 다행히 균형을 잡아 넘어지지는 않았다. 주변에 있던 남자아이들 얼굴에 아쉽다는 표정과 대단하다는 표정이 묘하게 섞여 있었다. 바로 일어서 오성균을 노려보니 그새 내 눈을 피해 사라지는 뒷모습만 보였다. '저 자식 정말 싫어' 마음속으로 오성균을 향해 주먹을 날렸다. 병수는 책상에 엎드려 흐르는 눈물을 땟국에 절어있는 점퍼 소매로 닦아냈다. 그런 병수를 보며 안도한 내가 얼마나 나쁜 아이인지 생각했다. 담임한테 달려가 고자질할 걸 그랬다. 그러나 이내 담임이 자주 짱을 감싸는 것은 교회 목사님과 친하기 때문이 아닐까 하는 생각을 했다. 짱의 아빠는 마을 중심에 있는 교회 목사님이다. 담임은 꽤 열심히 다니는 것 같았다. 우리 반 아이들 모두 담임을 만나지 않게 피해 다녔다. 어쩌다 운 나쁘게 마주치면 잽싸게 인사만 하고 도망쳤다. 교회에서 짱 박무신과 부짱 오성균이 무릎 꿇고 얌전히 기도드리는 모습을 보면 마음이 복잡해졌다.

나는 병수를 오래도록 쳐다보았다.

무당개구리

비가 오는 날이면 개구리가 온 사방에 깔렸다. 왕복 이차
선 도로는 온통 개구리로 뒤덮였다. 나는 지프차 뒷좌석에서
차창 밖 개구리들이 펄떡펄떡 뛰어다니는 모습을 보았다. 비
에 홀린 듯 도로에 뛰어드는 개구리들이 끔찍하게 싫었다.

우둘투둘하고 검은 점이 박힌 초록 외피를 가진 무당개구
리는 동네 맑은 하천에 자주 출몰했다. 관사 마을에는 아이
들 종아리 깊이의 얕은 개울이 있는데 아이들이 놀기 딱 좋은
장소였다. 바지를 걷어 올리고 개울 바닥의 모래를 퍼 올리
거나 돌을 들어 올려 가재를 찾으며 놀았다. 큰 돌을 들어 올

리면 고운 흙이 뿌옇게 일어났다가 곧 다시 물이 맑아졌다. 가재를 잡기 위해서는 때를 놓치지 않고 돌을 파낸 자리를 빠르게 살펴야 했다. 가재를 찾다 급작스레 무당개구리를 발견하면 외마디 비명을 지르며 도망갔다. 친구들은 그런 내 모습을 보며 깔깔 웃어댔다. 무당개구리는 등 외피만 징그러운 것이 아니다. 위협을 느끼면 몸을 휙 뒤집어 자신의 배를 보여줬다. 선명하게 붉고 검은 점들로 이루어진 배를 보면 소름이 돋았다. 남자아이들은 냇가에서 돌을 들어 개구리를 향해 던졌다. 무당개구리는 몸을 휙 뒤집어 경계할 때와는 달리 이럴 땐 별로 민첩하지 않았다. 가끔 돌에 맞은 개구리가 내장이 다 튀어나온 채 냇물에 흘러가는 것을 볼 수 있었다. 돌을 던진 그 애들보다 죽은 개구리가 더 싫었다.

'작고 귀여운 연둣빛 청개구리처럼 생겼으면 참 좋았을 텐데. 비 오는 날 멋대로 튀어나와 바퀴에 깔리고, 냇가에서 돌에 맞아 죽는 건 너희가 그렇게 생긴 탓이야.'

다음 날 아침 등굣길에서 도로에 납작해져 말라붙어 있는 무당개구리를 보았다.

'그러니까 이렇게 된 건 다 너희 때문이야.'

개구리 왕자

어느 나라에 왕이 있었습니다. 왕은 특히나 막내딸을 예뻐했습니다. 어느 날 막내 공주는 황금 공을 가지고 연못 근처에서 놀고 있었습니다. 시녀의 칭찬에 우쭐해진 공주는 그만 공을 차가운 연못에 빠뜨렸습니다. 공주가 울고 있을 때 개구리가 나타나 연못에서 공을 건져주면 자기 소원을 들어 달라고 했습니다. 자기와 놀아주고 식탁에서 같이 밥을 먹고 같은 침대에서 잠을 재워달라고 했습니다. 공주는 싫었지만 황금 공을 되돌려 받고 싶어 그러겠다고 했습니다. 공주는 개구리가 식탁에서 밥 먹는 모습을 보고 더러워 밥맛이 떨어졌습니다. 개구리의 부탁을 들어주기 싫었지만 아버지인 왕이 약속은 지켜야 한다고 야단을 쳤기 때문에 어쩔 수 없이 개구리의

반경 2km

축축한 손을 잡고 침실로 향했습니다. 그렇지만 차마 개구리와 한 침대에서 잘 수는 없었습니다. 징그러운 개구리가 너무 싫어 공주는 개구리를 벽에다 내팽겨쳤습니다. 그러자 개구리가 왕자로 변했습니다. 개구리 왕자는 자신은 실은 이웃 나라 왕자인데 몹쓸 마법에 걸려 개구리로 변했고, 다시 사람으로 돌아오려면 공주에게 무리한 부탁을 할 수밖에 없었다고 했습니다. 그리고 공주에게 청혼을 했습니다. 두 사람은 성대한 결혼식을 올리고 마차를 타고 이웃 나라로 떠났습니다.

책을 덮으며 코웃음을 쳤다. '이 황당한 전개는 뭐지?' 지키지도 못할 약속을 한 공주와 그런 공주에게 청혼한 왕자도 이상했다. '이 둘은 나중에 행복하게 잘 살았을까?', '동화를 너무 심각하게 생각하지 말자'하고 드러누워 이불을 얼굴까지 당긴 후 눈을 감았다.

그러나 황당한 이야기의 일부는 현실이 되기도 하나 보다. 나의 개구리 왕자가 그 아이가 될 줄이야, 아이들을 괴롭히고 때리며 눈치 보게 하는, 얼굴이 유난히 까맣고 작은 눈의 우리 반 부짱 오성균이 나의 개구리 왕자가 되리라고는 꿈에도 생각지 못했다.

한 달에 한 번씩 운동장에서 조회를 섰다. 조회가 끝나면 운동장에 흩어져 있는 작은 돌들을 주웠다. 전교생이 일렬로 모여 운동장 끝에서 단상 쪽으로 걸으며 돌멩이를 걸러냈다. 치우고 난 뒤에도 다음번엔 또 자잘한 돌들이 그만큼 생겼다. 마치 누가 다시 돌을 가져다 두는 것처럼.

아이들은 우리 학교 위치가 6.25 전쟁 당시 죽은 사람들을 묻어둔 곳이라서, 흙을 조금만 파도 해골이 나온다는 이야기를 학교 전설처럼 떠들어 댔다.

전우의 시체를 넘고 넘어 앞으로 앞으로
낙동강아 잘 있거라 우리는 달려간다
원한이야 피에 맺힌 적군을 무찌르고서
꽃잎처럼 사라져간 전우야 잘 자라

휴전선 근처 지역이라, 땅을 파면 고무줄놀이할 때 부르는 노래처럼 전우의 시체가 진짜 나올 것 같았다. 갑자기 운동화 밑으로 밟히는 작고 하얀 돌멩이가 오래된 흰 뼛조각 같아 멈칫했다.

주운 돌멩이들을 운동장 한쪽 돌무더기 위에 던져놓고 수

돗가로 가던 길이었다. 익숙한 목소리에 이끌려 소리가 나는 방향으로 향했다. 체육 시간에 쓸 도구들을 모아 놓은 도구실 문이 반쯤 열려있었다. 우리 반 남자아이 둘 셋이 있는 것 같았다. 입구에 몸을 가린 채 고개를 살짝 빼고 훔쳐보았다.

부짱 오성균과 최강이 서로 노려보며 주먹을 단단히 쥐고 있었다. 최강은 나랑 같은 관사마을에 사는 관사 오총사 중 한 명이다. 형이 6학년에 다니고 있어 짱이나 부짱이 쉽사리 시비를 걸지 않았다. 최강은 종종 오성균에 대한 욕을 하고 다녔다.

"그 새끼 별 싸움도 못 하는 병신이야. 짱 박무신 덕에 부짱이라는데 그 자식은 싸움 젬병이야."

도구실 안에서 둘은 서로 노려보다 오성균이 먼저 주먹을 날렸다. 최강이 빠르게 몸을 비틀며 비켜나자 오성균의 주먹은 허공을 가를 뿐이었다. 약이 오른 오성균이 씩씩거리며 최강을 향해 달려들어 머리카락을 쥐고 바닥으로 넘어뜨리는 바람에 둘은 구석에 있던 허들 쪽으로 와당탕 소리를 내며 넘어졌다. 엎치락뒤치락하더니 최강이 오성균 몸에 올라타 주먹을 날리려던 순간, 박무신이 둘을 떼어냈다. 짱 박무신은 중학교 오빠들보다 키가 크고 몸집이 커서인지 6학년

오빠들도 건드리지 않았다. 게다가 마을의 중심인 교회 목사님 아들이라는 것도 한몫했다.

"그만."

짱 박무신이 둘에게 일어나라고 했다. 둘은 벌게진 얼굴로 가쁜 숨을 몰아쉬며 일어났다. 최강은 채 날리지 못한 주먹을 아쉬워하는 듯했고 오성균은 최강을 외면했지만 꼭 쥔 주먹을 풀지는 않았다.

슬며시 그곳을 빠져나와 수돗가로 가 손을 씻고 교실로 들어갔다. 1교시 종이 울리고 담임선생님이 들어왔다. 박무신, 최강, 오성균은 뒤이어 들어와 아무렇지 않은 듯 자기 자리에 앉았다. 나는 오성균을 바라보았다. 저 애가 왜 자꾸 신경이 쓰이는지 알 수가 없었다. 아마 그 애의 눈빛을 봤기 때문일 것이다. 두려움이 담긴 눈동자였다. 어디선가 본 듯한 눈빛이었다. 그건 바로 불안한 나의 눈에 담긴 것이기도 했다.

며칠 후 밸런타인데이였다. 이성에 관심을 가지게 된 5학년 우리 반 아이들은 설래하며, 좋아하는 아이의 책상 서랍에 초콜릿을 몰래 넣어두었다. 여지아이들 중 성격이 활달한 아이들은 초콜릿 한 박스를 사와 반 전체 남자아이들에게 돌렸다. 나는 그런 소동에 동요되고 싶지 않아 무심한 척했다. 어제 읽다 만『해저 2만리』를 읽으려고 서랍을 뒤졌을 때 서랍 안에 들어있는 빨간 하트 모양의 작은 상자를 발견했다. 아이들에게 들키지 않기 위해 잽싸게 서랍에 다시 넣었다. 수업 시간 내내 그 상자가 무척 신경 쓰였다.

수업이 끝난 후 책가방을 서랍 가까이 들이대고 초콜릿 상자를 들키지 않게 조심하며 가방에 넣었다. 집으로 가자마자 신발을 벗어 던지고 그 빨간 상자를 꺼내보았다. 초등학생이 사기에는 비싸 보였다. 빨강 리본이 달린 하트 모양 상자는 여러 색의 하트 무늬가 찍혀있었다. 상자 를 열자 작은 흰 쪽지가 툭하고 떨어졌다. '맛있게 먹어. 오성균'

순간 내 눈이 커졌다. '오성균이라니? 얘가 날 좋아한다고?' 쪽지에 그런 말은 적혀있지 않았지만, 그게 아니라면 몰래 내 책상 서랍에 초콜릿을 넣을 리가 없지 않을까? '부짱 오성균이 나에게 고백하다니.' 여섯 개의 초콜릿은 얇고 반투명한 하얀 종이 아래 놓여 있었다. 하트 모양의 초콜릿 을 하나 꺼내 입에 넣었다. 혀에서 초콜릿이 부드럽게 녹아 내렸다. 아주 **달콤한 맛이었다.**

전기놀이

우리 초등학교는 세 마을의 아이들이 다녔다. 지대 1리는 태풍으로 수몰된 지역의 이주민들이 사는 곳으로 이 마을에 우리 학교가 자리 잡고 있었다. 지대 2리는 민통선 지역 내 민간인 정착화를 위해 나라에서 이주를 장려한 사람들이 사는 마을, 그리고 내가 사는 지대 3리는 군인 가족들이 사는 군인관사 마을이었다. 교회는 학교가 있는 1리 마을 중심부에 있었다. 약간 언덕진 곳에 세워져 마치 마을을 지키는 사령탑 같기도 했다. 반 아이들 대부분이 교회에 다녔는데, 우리 반 싸움 짱 박무신이 교회 목사님의 아들이기 때문에 아이들이 교회를 다니는 것에 큰 작용을 했다. 우리 집은 교회에 다니지 않았지만 나도 아이들을 따라 교회에 갔다. 일요일마다 혼자 노는 것이 심심했기 때문이다.

우리는 학생부 예배를 보았다. 성인부와 따로 학생부 건물에서 예배를 봤다. 나는 목사님이 하시는 말이 어렵고 지루해 곧잘 딴생각을 했다. 기도 시간에 실눈을 살짝 뜨고 아이들을 몰래 훔쳐보았다. 진짜 기도를 하는지 아니면 하는 척하는지 확인하고 싶었다. 놀랍게도, 다들 눈을 감고 진지하게 기도를 하는 것처럼 보였다. '무슨 기도를 하는 걸까?' 들리지 않는 아이들의 기도 내용이 무척 궁금했다.

나는 초콜릿 사건 이후 오성균을 자주 몰래 훔쳐보았다. 그 후로 서로 이야기를 나눈 적은 없지만 내 시선은 자주 걔를 쫓았다. 오성균도 그런 눈치다. 내가 다른 남자아이들과 이야기하며 놀 때마다 주변을 얼쩡거렸다. 그런 시선을 느낄 때면 마음 어딘가가 찌릿해졌다.

예배가 끝난 후 교회에 다니는 열 명 조금 넘는 아이들이 부짝 오성균의 집에 모였다. 우리는 모두 섞여 말뚝박기를 하고 좁은 방에서 잡기 놀이를 하며 신나게 놀았다. 다들 얼굴이 벌게지도록 웃고 떠들었다. 그러다 누군가가 전기놀이를 하자고 했다. 전기 놀이는 둘러앉아 술래를 정한 뒤, 이불 속으로 손을 넣어 술래 모르게 전기를 보내는 일종의 눈치 게임이다. 전기를 받은 사람은 옆자리 사람한테 다시 전기를 보내면 되었다. 맞잡은 손이 꼭 쥐어지면 전기가 온 것이고, 다른 쪽 손을 잡은 사람에게 같은 방식으로 전기를 전달했다. 술래가 범인을 맞추면 게임이 끝나는 것이다. 슬며시 서로를 의식하며 자리를 잡았다. 남자아이와 여자아이가 섞어 앉아야 했기 때문에 어떤 아이들은 이럴 때 은근슬쩍 자기가 좋아하는 아이 옆에 앉으려고 했다. 나는 학교 근처 문방구 집 아들인 약수 옆자리에 앉았다. 내 오른쪽 자리는 비어 있었다. 그때 구석에서 폼을 잡고 있던 부짱 오성균이 특유의 비딱한 걸음걸이로 다가와 내 오른쪽에 앉았다. 순간 가슴이 작게 콩닥거렸다. 우리는 이불 속으로 손을 넣어 양쪽의 사람과 각각 한 손을 맞잡았다. 내 손을 잡은 부짱 오성균의 손은 땀으로 살짝 축축했다. 그렇지만 기분이 나쁘지 않았다. 전기 놀이를 세 번쯤 하고 나서 짱인 박무신이 고백 타임을 하자고 했다. 여자애들은 낮게 야유를 했고 남자애들은 조용해졌다.

"먼저 남자가 고백하면 여자가 좋은지 싫은지 대답하는 거야. 한 사람이 고백 할 때 다른 사람도 좋아하면 같이 고백 할 수 있어."

벌써 변성기가 시작된 체격 좋은 박무신의 중저음 목소리가 진지했다. 일순 우리는 조용해졌다. 첫 타자로 나선 성호는 나와 친한 성희에게 고백했다. 그 둘과 평소 등하교를 같이 했지만 성호가 성희에게 좋아하는 마음이 있었다는 것은 전혀 눈치를 채지 못했기 때문에 깜짝 놀랐다. 성희는 성호의 마음을 받아들였다.

그리고 내 차례가 왔다. 나에게 문방구 집 약수가 고백을 했다. 약수는 마르고 비실거리는 아이였다. 말수는 없었지만 착한 아이였다. 생각지도 못 한 약수의 갑작스러운 고백에 당황했다. 그때 부짱 오성균의 목소리가 들렸다.

"잠깐. 나도."

오성균이 나서자 약수의 표정이 일그러졌다. 둘 중 한 명을 골라야 하는 상황이 되자 나머지 아이들이 모두 나를 주시했다. 여자아이들의 눈빛은 말하지 않아도 알 수 있었다. 부짱 오성균이 아닌 착한 약수를 택하라는 무언의 압박이 느껴졌다. 잠시 고민했지만 나는 결국 부짱 오성균을 택했다.

약수가 착하고 좋은 아이라고 생각하지만 오성균을 생각하면 마음이 들떴다. 오성균을 선택하자 아이들은 순간적으로 내 시선을 피했다. 내가 반 친구들을 실망시켰다는 생각이 들었다.

집으로 가는 길에 평소 어른스럽게 행동하고 말을 잘해 언니 같다는 느낌이 드는 성희가 얘기를 꺼냈다.

"네가 약수를 찍을 줄 알았어. 오성균이라니. 왜 그랬니?"

"……그러게."

나는 할 말이 없어져 '잘 가.'라고 외치고 집으로 달음박질했다. 심장이 터질 것 같았다. 집 앞에서 꼬리를 흔들며 달려오는 예삐를 부둥켜안고 숨을 골랐다.

"예삐야 너는 내 마음을 이해하지? 그렇지?"

예삐의 보드라운 털을 쓰다듬고 이마에 머리를 맞댔다. 예삐의 따뜻한 혀가 내 뺨에 닿았다.

단상에 오르다

매일 밤 숙제로 꼭 써야 하는 일기는 지겹고 재미가 없어서
일기를 짧게 쓴 뒤 자작 동시를 밑에 쓰기 시작했다.

9월 30일 화요일 날씨: 맑음

오늘 혼자 걸어서 학교에 갔다. 심심했지만 날씨가 좋고 하
늘이 맑아 걷는 동안 기분이 좋아졌다. 친구들이랑 자주 노
는 대머리 산에 단풍이 들었다. 나무가 울긋불긋 예쁜 색깔
로 바뀌었다. 단풍잎이 아기 손 같아 귀여웠다. 동생 희준

의 손처럼 작고 예뻤다. 그래서 단풍이라는 동시를 지었다.

단풍

단풍잎이 울긋불긋
새 옷을 갈아입었네

앞산 옆산 뒷산 모두
빨강이 가득하네

붉게 물든 나무가
손을 흔들며 잘 다녀오라고
인사를 하네

빨강은 가을의 맛
주황은 가을의 맘
단풍은 가을의 멋

일기 아래 동시를 쓰니 새로운 기분이 들고 일기 쓰는 재미가 생겼다.

어느 날 담임선생님이 나를 부르셨다. 따로 부른 이유는 내가 전교 일기 상을 받는다고 했다. 다음 주 월요일 전교 월례 조회에서 교장선생님이 직접 주신다고 했다. 조회 시작전 상장 받는 연습을 한 후 연습한 대로 나가서 받으면 된다고 했다. 기쁜 마음과 쑥스러운 마음이 뒤섞여 대답도 못한채 자리로 돌아왔다.

월요일 방송 선생님이 운동장 앞 연단에서 상장 받는 연습을 시키셨다. 상장을 받는 사람은 선생님이 호명하면 단상에 올라 두 손으로 공손히 상장을 받고 뒤돌아 자기 자리로 돌아가면 되었다. 상장 수여식 연습부터 내 몸은 배배 꼬였는데, 월례 조회가 시작되자 등 뒤의 전교생이 의식되며 상반신이 작게 덜덜 떨렸다. 상장을 어떻게 받았는지 모르겠다. 교실로 들어가자 담임선생님이 눈을 가늘게 뜨며 말했다.

"상장을 한 손으로 받으면 어떡하니? 두 손으로 공손히 받아야지!"

그날 밤 엄마는 나에게 갈 곳이 있다고 했다. 저녁을 먹고 아빠를 기다렸다. 아빠가 지프차에서 내리고 엄마와 내가 올라탔다. 달리던 차는 학교 안 선생님들이 사시는 사택 앞에 세워졌다. 어스름이 내려앉은 어두운 학교는 밝은 낮의 느낌과 뭔가 달랐다. 사택은 한 동이 두 채로 나뉜 것으로 왼쪽 사택은 교장 선생님이 사셨고, 오른쪽 사택은 담임선생님이 가족과 함께 살았다. 엄마가 나를 차에 둔 채 선생님 집 초인종을 누르자 담임선생님이 나왔다. 선생님은 특유의 능글맞은 웃음으로 엄마를 맞이했다. 엄마와 선생님은 인사치레로 몇 마디를 주고받았지만 똑똑하게 들리지는 않았다. 담임과 엄마는 작별 인사를 하고 차 가까이로 다가 온 담임은 평소와 다른 친근하고 낮은 음성으로 나에게 아는 척을 했다. 나는 고개를 숙이고 기어들어가는 목소리로 인사를 했다.

"…아아안… 녕하세요오."

엄마는 운전병 아저씨에게 맥주 한 박스와 소주 한 박스를 선생님 집으로 옮겨 달라고 했다. 사위가 조용한 가운데 술병들이 부딪혀 달그락하는 소리가 유난히 크게 느껴졌다.

"선생님 잘 부탁드리고, 그럼 이만 쉬세요."

담임선생님은 자못 진지한 표정으로 아무 걱정하지 마시라고 했다. '뭘, 아무 걱정 말라는 거지?'

나는 집으로 돌아와 내 방 책꽂이 중앙에 자랑스럽게 테이프로 붙여 둔 일기 상장을 동화책 사이로 비집어 넣었다. 그리고 그날부터 일기에 동시를 쓰지 않았다.

3장

그 동네

소나무에 걸린 다리

휴전선 가까이 민통선 지역에 있는 우리 마을에 저녁노을이 질 무렵이면 집 옆의 산등성이를 타고 라디오 방송이 윙윙 울려댔다. 그것이 라디오에서 들리는 진행자의 목소리와 노래라는 것은 알겠지만 정확하게 알아듣기 어려웠다. 그저 말소리, 음악 소리로 구별될 뿐이다.

멀리 휴전선 건너편 북한 군인들에게 남한 땅으로 넘어오라고 내보내는 한국의 송출 방송이라고 어른들한테 들었다. 여기서도 잘 안 들리는데 더 멀리에 있는 북한 사람들에게 들릴지 의문이다. 스피커 옆에서 보초를 서는 우리 군인 아저씨는 귀가 아프지 않을까 하고 생각했다.

엄마와 옆집 아줌마, 아랫집 관사에서 진돗개를 키우는 진아 이모가 부엌에서 속닥속닥 이야기하고 있다. 나는 들리지만 들리지 않는 척했다. 그래야 어른들이 싫어하지 않는다는 것을 오래전부터 깨달았다. 나는 검정 줄이 그어진 공책을 더욱 똑바로 바라보며 독후감을 쓰기 위해 집중했지만 부엌에서 들리는 이야기에 온 신경이 쏠렸다. 소리를 듣기 위해 귀가 소리가 나는 방향으로 움직인다면 엿듣는 것을 바로들켰을지 모른다. 이야기가 들리는 부엌을 향해 내 귀가 활짝 열렸기 때문이다.

"건넛마을 할머니들이 나물을 캐러 갔다가 지뢰를 밟았대요."

"아이고! 그까짓 나물이 뭐 대수라고 그걸 캐러 거기까지 들어가서 지뢰를 밟았대. 쯧쯧."

"그러게 말이에요. 아휴.."

"지뢰 터지는 소리를 듣고 군인들이 수색을 하러 갔는데 글쎄…… 팔다리가 다 떨어져 나갔대요. 그런데 아무리 찾아도 할머니 다리 한 쪽이 없어 여기저기 수색하고 난리도 아니었대요."

"아니 그게 어디로 사라졌대?"

"……결국 어디서 찾았냐면요…. 소나무 가지 위에 한 다리가 걸쳐져 피가 뚝뚝 떨어지고 있었대요."

"아이고 참! 자식들 마음이 얼마나 아플까."

"그러게나 말이야. 대체 그깟 나물 얼마나 더 캐겠다고 거기까지 가서…"

"어머 해 지네. 빨리 가서 밥해야지."

"그래그래 어서들 가."

아줌마들과 엄마가 한 이야기를 들으니 학교에서 불렀던 동요가 생각났다.

미루나무 꼭대기에 조각구름 걸려 있네.

솔바람이 몰고 와서 살짝 걸쳐놓고 갔어요.

뭉게구름 흰 구름은 마음씨가 좋은가 봐.

솔바람이 부는 대로 어디든지 흘러간대요.

아줌마들이 간 후 저녁 준비를 하는 엄마를 바라보며 걸리버 여행기의 줄거리를 떠올렸다. 소인국에 도착한 걸리버가 눈을 떴을 땐 얇은 밧줄이 온몸에 칭칭 감겨 몸을 일으킬 수 없었다. 거인을 보고 놀란 소인국 사람들은 아무 죄도 짓지 않은 걸리버를 꽁꽁 묶었다. 그건 소인국 사람들의 잘못일까? 남의 땅에 허락도 없이 멋대로 도착한 걸리버의 잘못일까? 지뢰를 놓은 사람들이 잘못한 것일까? 나물을 뜯으러 간 할머니들의 잘못일까? 그저 이런 일을 남의 일이라고 함부로 말하는 사람들이 나쁜 걸까?

창밖의 색이 달라지고 대남방송은 어느새 끝나있었다. 그리고 짙은 어둠이 주변을 덮어오고 있었다. 어둠에도 다른 깊이가 있다. 이곳의 밤은 아주 짙은 어둠이다.

반경 2km

동네바보와 브래지어

동네마다 바보 한 명씩은 꼭 있다고 어른들이 말했다. 우리 동네에도 바보가 있다. 동네 바보는 어설픈 말과 행동으로 시선을 끌었고, 짓궂은 남자아이들은 장난질을 해대거나 괴롭혔다. 보통의 동네 바보는 행동이 남다르고 옷매무새가 칠칠하지 못했는데 우리 동네 바보는 달랐다. 늘 단정하고 깔끔한 옷차림에 머리는 지저분해지는 틈 없이 항상 말끔했다. 오히려 유난히 깔끔해 보일 정도였다.

그런 단정한 외모와는 달리 흥분하면 알 수 없는 괴성을 지르는 모습과 엉뚱한 행동들은 아이들에게 놀림거리가 되거나 공포의 대상이 됐다.

얼마 전 학교 건물 구석에서 동네 바보가 구석에 몰린 채 남자아이들에게 둘러싸여 있는 것을 보았다. 그 중엔 부짱 오성균도 있었다. 동네 바보는 벗어나려고 안간힘을 쓰고 있었지만 남자아이들에게 꽉 붙들려서 벗어날 수 없었다. 벗어나려는 발짓으로 인해 흙먼지가 뿌옇게 일고 그 애의 흰 데님바지는 누런색을 띠고 있었다.

관사 사는 성호, 최강, 현진, 성희, 나 이렇게 우리 다섯은 관사 오총사였다. 별일이 없으면 자주 같이 집으로 왔다. 키가 크고 피부가 하얀 성희는 중학생처럼 성숙해 보였는데 그런 외모만큼이나 똑 부러지는 말투로 우리를 이끄는 힘이 있었다. 나는 그런 성희가 좋으면서도 어려웠다. 그렇지만 매번 성희의 집으로 발길이 향했다. 우리 반 다른 여자애들도 성희의 의견을 곧 잘 따랐다. 일종의 정신적 지주였다. 그 애의 어른스러운 면이 좋았다. 건너편 관사에 사는 현진이는 별명이 까만 콩이다. 항상 밖에서 놀아 일굴이 난 시골 아이들 사이에서도 피부가 유난히 가무잡잡한 데다 성격 또한

활달해 통통 튀었다. 까만 콩이라는 별명이 아주 잘 어울렸다. 현진이는 운동신경이 좋아 체육을 잘했다. 등하교 지름길에는 어른도 한 번에 뛰어넘기 어려운 깊고 폭이 넓은 도랑이 있었는데 현진이는 그 넓은 폭을 단숨에 토끼처럼 잘도 넘었다.

운동에 젬병인 나는 따라 뛰다 흙 웅덩이에 푹 빠져버렸다. 멋을 내려고 입은 하얀 원피스와 흰 스타킹에 흙탕물이 스며들어 점점 갈색으로 변하는 걸 바라보며 일종의 패배감이 들었다. 뱁새가 황새 따라가다 가랑이 찢어진다는 속담은 이럴 때 쓰려고 배우나 보다. 나는 그 후 현진이를 따라 풀쩍 뛰는 행동은 하지 않았다. 원래부터 이곳에서 나고 자란 아이들은 무엇이든 잘했다. 봄이면 어른들이 알려주지 않아도 봄나물을 금방 한 바구니 캐어내고 겨울에는 뜨개로 목도리를 후딱 만들었다. 그럴 때마다 소외감이 들었지만 나로서는 어쩔 수 없는 일이었다.

관사 오총사가 웃고 떠들며 집으로 가던 날이었다. 동네 진입로를 지나 언덕진 길을 올라 집들이 일렬로 늘어선 곳에 들어섰는데 동네 바보가 우리 앞에 나타났다. 우리는 그

아이를 놀리거나 괴롭힌 적이 없었다. 그렇다고 편을 들거나 괴롭힘을 당할 때 말리지도 않았다. 동네 바보는 덩치가 크고 힘이 세 나는 되도록 시비가 붙지 않게 피해 다녔다. 동네 바보가 성희에게 갑자기 바짝 다가왔다. 우스꽝스런 표정을 지으며 몸을 바싹 붙여왔다. 한두 번 참던 성희는 결국 짜증이 나서 동네 바보를 팍 밀쳐버렸다. 그러자 동네 바보가 눈을 크게 치뜨며 성희의 멱살을 잡았다. 성희도 지지 않고 밀면서 벗어나려고 안간힘을 썼다. 나머지 우리 넷은 멍하게 그 상황을 지켜봤다. 남자애들조차 말릴 생각을 하지 못했다. 그때였다. '투둑' 소리에 이어 '찌이익'하는 옷 찢어지는 소리가 들렸다. 성희의 셔츠 단추 몇 개가 땅으로 떨어졌다. 성희의 벌어진 옷 틈새로 작고 봉긋 솟은 하얀 가슴과 속옷이 보였다.

그제야 나와 현진이는 퍼뜩 정신이 들었다. 우리는 동네 바보에게 달려들어 성희에게서 떼어놓기 위해 애를 썼다. 성희는 얼굴이 상기되어 귀밑까지 빨개진 채 벌어진 셔츠를 손으로 붙잡아 황급히 가리고 동네 바보를 쏘아보았다. 동네 바보는 우리를 차례로 쳐다보더니 휙 돌아 자기 집 방향으로 뛰어갔다.

우리는 성희에게 '괜찮아?'라는 말조차 꺼내지 못한 채 각자의 집으로 흩어졌다.

'성희는 언제부터 브래지어를 착용한 걸까?' 잠자리에 누워 성희의 흰 가슴을 생각했다. 동네 바보가 성희가 아닌 내게 그런 행동을 했다면 어쩔 뻔했을까, 하는 생각을 했다. 그러나 곧 이런 생각을 한 이기적인 내가 싫어졌다.

집 옆 들판에서 부는 바람이 산 중턱에 부딪혀 휘감기는 소리가 창문 틈으로 새어들었다. 동네 아이들이 처녀 귀신 우는 소리라고 했다. 최근 우리 동네에 도는 무서운 이야기가 생각났다. '제대를 얼마 안 남긴 병장이 자기 순번도 아닌데 철책선 경비를 서겠다고 나서 멍한 눈으로 지뢰가 있는 곳으로, 북한 땅 쪽으로 홀린 듯 걸어 들어갔다'는 이야기였다. 어른들은 '귀신이 부른 것이라고, 귀신게 홀려 그리된 거'라고 했다. 귀도 눈처럼 꽉 닫히면 듣고 싶지 않은 이야기를 안 들어도 될 텐데… 그러면 얼마나 좋을까 하는 생각을 하며 바람 소리가 들리지 않게 양손으로 두 귀를 덮었다. 눈을 감고 마치 성희가 옆에 있는 것처럼 작게 중얼거렸다.

'미안해. 성희야.'

거북이

거북이 두 마리가 생겼다. 거북이는 내 손바닥 반만 한 크기로 매우 작았다. 등 껍데기는 초록색이고 배는 완두콩처럼 연한 녹색이었다. 머리와 목, 발은 초록과 연두색이 섞인 색이었다. 이름은 '대한'이와 '민국'으로 지어줬다. 한반도 모양의 투명 플라스틱 어항은 중간 지점에 대한이와 민국이가 올라가 쉴 수 있게 만들어진 섬이 있었다. 그 섬은 마치 한국과 북한의 경계 지점과 같았다. 섬에는 조악하게 만든 야자수 나무가 꽂혀 있었다. '한반도에 야자수라니' 어처구니없어 하는 나와 달리 거북이들은 그곳이 무척 마음에 드는 것 같앗다. 볕이 집안으로 깊숙이 들어오는 오후 나절 내내 야자수 섬에 올라 등껍질 안에서 잠을 잤다. 녀석들이 하는 일이라고는 작은 스푼으로 물에 먹이를 넣어주면 어기적거리며 다가와 입을 크게 벌려 먹는 게 전부였다. 나는 곧 거북이에 대한 흥미를 잃었다.

파란 하늘에 구름 한 점 없는 맑은 날이었다. 날씨 때문인지 기분이 들떠 집으로 가는 발걸음이 무척 가벼웠다. 집에 들어서자 엄마가 투덜거리며 거실 바닥을 치우고 있었다. 거북이 어항 속에 있던 물과 바닥에 깔려있던 파랗고 하얀 작은 돌들이 반쯤 거실 바닥에 쏟아져 있었다.

"무슨 일이야? 왜 이래?"

"아휴. 걔가 이 난리를 쳐놓고 도망을 갔어."

엄마가 현관문을 열어둔 채 옆집에 잠깐 다녀온 사이 동네 바보가 우리 집에 들어와서 행패를 부리고 갔다고 했다. 거북이 어항을 뒤엎고 신발을 신은 채 휘젓고 다니다 집에 들어온 엄마와 마주치자 도망갔다고 했다. 그래도 엄마는 동네 바보의 집으로 달려가 그 애 엄마에게 따져 묻지 않았다.

문제는 거북이 한 마리가 실종되었다는 것이었다.

"아휴! 아무리 찾아도 거북이 한 마리가 안 보인다. 대한 이인지 민국이인지 대체 어디로 들어가 안 나오는 걸까?"

"설마 데리고 간 건 아니겠지?"

나는 화가 나서 크고 날카로운 목소리로 엄마에게 따져 묻듯 말했다.

"그건 아닐 거야. 내가 들어오니 황급히 나가긴 했는데 그 때 손에 무언가를 들고 있지는 않았어."

나는 구석구석 거북이를 찾아보기 시작했다. 아무리 찾아도 보이지 않아 저녁을 먹을 때쯤엔 포기해 버렸다.

"아! 더 이상은 못 찾겠어. 어디선가 나타나겠지."

어디선가 누구에게 무슨 일이 생기면... 빠빠빠밤
우리들의 짱가~짱가.

만화영화 주제가처럼 불쑥 나타나길 바랐지만 거북이는 끝내 찾을 수 없었다. 혼자 남은 거북이는 외로워 보였지만, 보통 때처럼 자고 먹고 일광욕을 하며 하루를 보냈다. 사라진 거북이가 나타난 건 그로부터 한 달쯤 지나서였다.

저녁을 먹은 후 식구들이 모여 텔레비전을 보고 있을 때, 소파 밑에서 허옇게 먼지를 뒤집어쓴 거북이가 불쑥 나타났다. 검은 눈동자를 껌뻑거리며 태연해 보였다. 나는 큰 소리로 엄마를 불렀다.

"엄마! 거북이가 어디 있다가 나타났을까?"

"어머나, 얘가 뭘 먹고 이렇게 살아있었을까? 기특하고 신기하네."

식구들 모두 기뻐하며 다시 나타난 거북이를 반겼다. 나는 거북이를 손에 들고 수돗물에 깨끗이 씻겨주었다. 그러고는 한반도 야자수 아래 살짝 내려놓았다.

"대한민국이 다시 합쳐졌네."

어떤 일이든 큰 기쁨을 주는 일도 시간이 차츰 지나면, 그 감정은 줄어들기 마련이다. 거북이가 나타난 사건은 곧 무덤덤해졌다. 마치 거북이 한 마리가 사라진 적이 없었던 것처럼.

그러다 다시 거북이가 기쁨을 주게 되는 사건이 생겼다. 아빠가 초록 플라스틱 파리채로 탁하고 파리를 잡아서 거북이 어항에 넣어줬더니, 두 녀석이 갑자기 활기를 띠며, 네 발을 획획 휘저어 거북이답지 않게 빠른 동작으로 다가가 파리를 냉큼 집어먹는 것이었다.

"우아 대단해."

그 모습을 본 후 파리가 언제 나타날까 목을 빼고 기다리다 파리가 보이면 냉큼 파리채를 들고 가 엄마, 아빠에게 빨리 잡으라고 성화를 부렸다. 파리는 파리채에 즉사 할 때도 있었고 비켜 맞아 다리를 떨며 살짝 움직일 때도 있었다. 파리가 죽지 않고 움직이면 거북이들은 더욱 재빠른 동작으로 입을 크게 벌려 먹었다. 파리가 늘 잡히는 건 아니라, 자주 볼 수 없는 장면이라는 게 아쉬웠다.

어느 날 집 옆 벌판에서 엄마에게 주려고 계란프라이 같아 보여 계란꽃이라 부르는 개망초를 꺾어 엄마에게 가져다 주었다. 엄마는 아빠가 비워낸 푸른색의 진로 소주병에 물을 붓고 꽃을 꽂아두었다. 그러고는 대한이와 민국이가 있는 한반도 어항 옆에 두었다.

자기 전 멍하니 거북이를 바라보다 개망초의 보드라운 노란 꽃잎을 거북이 어항에 떨어뜨려 주었다. 한 마리가 헤엄쳐 오더니 냉큼 먹어버렸다. '꽃은 풀이니까 먹어도 되겠지?' 다시 한 뭉치를 떼어 어항에 넣어주었다. 녀석은 잘도 받아 먹었다.

반경 2km

다음 날 어젯밤 꽃가루를 준 것이 마음에 걸려 어항에 다가가 보니 거북 한 마리가 야자수 섬에 올라와 있는데 눈이 이상했다. 완전히 감지도 않고 그렇다고 뜨지도 않은 멍한 눈이었다. 박제된 동물의 플라스틱 같은 눈이었다. 순간 시간이 멈춘 듯한 느낌이 들었다. 거북이가 죽은 것을 직감할 수 있었다. 나는 어젯밤 일이 떠올라 덜컥 겁이 났다.

"엄마, 거북이가 죽었나봐."

"뭐라고? 왜? 어디 봐봐."

이리 저리 살피던 엄마 역시 굳은 표정으로 고개를 끄덕거렸다. 그것은 내가 직접적으로 마주한 첫 죽음이었다.

"일단 빨리 학교 다녀와."

거북의 작은 몸은 죽음을 뿜어내고 있었다. 학교에서 즐겁게 친구들과 이야기하면서도 마음이 묵직했다.

집으로 돌아와 보니 얼마 전처럼 다시 거북이 한 마리만 섬에서 햇볕을 쬐며 있었다. 엄마에게 죽은 거북이를 어쨌냐고 묻지 못했다. 엄마가 땅에 잘 묻어주었기를 바랬다. 나는 엄마에게 묻지도 않고 노란 개망초 꽃을 마당에 던져 버렸다.

빨간 비디오

키보다 훌쩍 높은 거실 장식장 맨 꼭대기에는 간혹 빨간색 띠가 붙은 비디오테이프가 숨겨져 있었다. 어린이들이 보는 비디오테이프는 초록색 띠가 붙어있는데 어른들만 볼 수 있는 비디오테이프는 빨간색 띠가 붙어있었다. 빨강은 보지 않아야 하는 색, 북한 공산당의 색, 거짓말의 색, 활활 타오르는 색, 호기심을 자극하는 색.

성희와 현진이와 나는 관사마을 오총사 중에서도 여자 삼총사이다. 학교가 끝난 후 우리는 주로 관사 근처나 집 옆 사

반경 2km

격장, 사격장 위 대머리 산에서 산을 타고 놀았다. 그렇지만 오늘은 우리 집에서 빨간색 비디오테이프를 같이 보기로 했다.

비디오는 성인 남녀 배우가 어찌어찌 사랑에 빠지고 곧 침대 위에서 이리저리 뒹구는 장면이 나왔다. 우리는 앞 부분은 빨리감기로 돌려 보다가 남녀가 옷을 벗기 시작하는 장면에서는 플레이 버튼을 누르고 진지하게 보았다. 이 장면이 지나가면 다시 되감아 몇 번을 더 보았다. 영화 속의 배우들은 특별히 잘생기거나 예쁜 것 같지는 않았다. 야한 장면을 볼 때면 뱃속이 간질거리면서 소변이 마려워졌다. 화장실에 갈 적마다 우리는 서로에게 '멈춰'라고 말했다. 우리 셋은 화장실에 다녀온 누군가가 돌아오면 비디오 플레이 버튼을 누르고 마른침을 꿀떡 삼키고 보았다. 사실 야한 장면들은 길지도 않고 진짜 중요한 것은 보여주지 않은 채, 창을 비추거나 침대 옆 유럽풍 스탠드를 비추며 싱겁게 끝났다. 그래도 우리는 빨간 비디오테이프를 매우 진지하게 집중해서 보았다.

약속을 하지 않았지만, 우리가 잠시 절교를 하는 순간에도, 우리 셋 이외 그 누구에게도, 빨간 비디오를 본 사실에 대해 절대 말하지 않았다.

'빨간색은 비밀의 색이니까.'

반경 2km

올무

집 옆 벌판에는 산 절벽과 마주한 사격장이 있었고 그 옆으로 대머리 산이라고 불리는 낮은 산이 있었다. 시골이라 딱히 놀 곳이 없어 우리는 주로 벌판을 누비거나 서로의 집 앞에서 모여 놀았다. 동네 친구들은 형제들과 집에서 놀 때가 많았다. 아직 어린 동생을 둔 나는 홀로 밖으로 나가 주변을 탐색했다. 대남방송이 흘러나오는 저녁때를 제외하고 집 주변은 늘 고요했다. 큰 나무가 많지 않아서인지 새 울음소리도 나지 않았다. 가끔 동네 개들이 짖는 소리가 멀리서 들려왔다.

여름내 길게 자란 풀들은 내 허리까지 닿았고 가을이 되자 누렇게 변했다. 긴 막대기로 휘휘 풀을 헤치며 황금빛 들판을 돌아다녔다. 간혹 도깨비바늘이 옷에 달라붙기도 했다. 한번 줄지어 붙으면 떼어내기가 어려운데 어느새 바지에 다닥다닥 달라붙어 있다. 들러붙은 풀의 돌기들을 떼어내고 있을 때, 희미하게 어떤 소리가 들렸다. 환청인가 생각이 드는 순간 다시 한번 '끼잉'하는 소리가 들렸다. 소리가 나는 방향으로 조심스레 풀을 헤치고 나아갔다. 소리는 더 이상 들리지 않고 막대기로 풀을 툭툭 치는 소리만 들렸다. 그때 "끼이잉" 소리가 한 번 더 들려 앞으로 계속 나아갔다. 누군가와 함께 다시 올까 하는 생각이 들어 뒤를 돌아봤다가 집의 위치가 멀리 느껴져 그냥 혼자 계속 가기로 마음먹었다. 소리가 나는 존재를 빨리 확인하고 싶었기 때문이었다.

'무서운 살쾡이 같은 거라면 어쩌지?'

얼마나 갔을까. 눈앞에 소리를 냈던 정체를 알 수 있었다. 엊그제 아랫집 진아 아줌마네 새로 들인 새끼 강아지가 없어졌다는 말을 들었는데 희고 뽀얀 그 강아지가 나를 보고 꼬리를 흔들어 댔다.

"어쩌다 여기까지 왔니?"

다가가 자세히 살펴보니 얇은 철사 올무에 목이 걸려 움직이지 못하고 있었다.

"여긴 멧돼지도 다니는 길이라고 했어. 위험한 곳이야.."

다행히 철사는 강아지의 목을 살짝 조이고 있었고 내가 매듭 부분의 폭을 넓히자 강아지 머리를 쉽게 빼낼 수 있었다. 강아지를 안고 풀숲을 나왔다. 보송한 아기 강아지 털의 느낌이 좋았다. 진아 아줌마네 앞마당에 살며시 내려놓고 인사를 했다. '조심해. 이제 저기로 가면 안 돼.'

집 앞에서 남은 도깨비바늘을 떼어내며 생각했다. '누가 저런 철사로 만든 올무를 설치한 거지? 어떤 동물을 잡으려는 것일까? 잡아서 어떻게 하려고 하는 걸까? 강아지가 그대로 잡혀있었다면 어떻게 되었을까?

이런 생각들을 하다 보니 세상에는 내가 이해하지 못할 일과 이해받지 못할 순간이 너무도 많다고 느꼈다. 내가 어른이 되면 올무, 지뢰, 총 같은 건 다 없애버리면 좋겠다고 생각했다.

대머리 산 너머 하늘에 붉은 노을이 차츰 번지고 있었다. 아직 윙윙대며 대남 방송이 흘러나오고 있었다. 추위가 느껴져 몸이 슬며시 떨렸다. 빨리 집으로 들어가 집 안의 온기를 느끼고 싶었다. 집에 들어가 강아지 이야기는 하지 않았다. 나 혼자 그 일을 삼켜버렸다. 올무는 어른들의 일 같았기 때문이다.

산불

봄이면 산과 들에 불이 났다. 봄바람에 매캐한 탄 냄새가 뒤섞여 학교에 오갈 때마다 그 냄새를 맡을 수 있었다.

북한군이 몰래 넘어오는 것을 막으려고 우리 군인 아저씨들이 불을 놓는 것이라고 했다. 불은 북한 방향으로 바람이 부는 날에 났는데 북한군에서도 바람 방향이 바뀌면 맞불을 놓는다고 했다. 풀이 있던 곳은 까맣게 변하고 나무들마저 탔다. 그 때문인지 집 주변과 사격장, 대머리 산에는 큰 나무가 없다. 이때를 같이해 주변 농가에서도 해충을 없애려 논과 밭에 불을 놓는 바람에 매캐함은 오래 지속되었다.

늘 멀리서만 불길을 볼 수 있었는데, 어느 날 집으로 왔더니 옆 마당 풀까지 온통 새까맣게 그을려 있고 주변의 산이 붉게 타고 있었다. 산등성이마다 불길이 타오르고 군용 헬기가 끊임없이 물을 부어댔다.

"엄마! 불이 엄청 많이 크게 났어. 집 주변까지 모두 까맣게 타버렸네."

"그러게 말이야. 큰일이야. 아, 글쎄 동네 아이들 서넛이 사격장 근처에서 불장난 하다가 큰불로 변했나 봐. 불이 커져서 헌병대가 찾아오고 난리도 아니었어."

산불은 꺼지지 않고 북한 땅까지 번질 것 같다고 했다. 휴일에 전망대에 올라 휴전선 철책을 가로지르는 작은 강을 본 기억이 났다.

"엄마, 강이 있어서 북한 땅 근처에서 꺼질지도 몰라."

불로 인해 사방이 온통 검게 변하고 늦은 밤이 되어도 멀리서 불씨가 붉게 빛나는 걸 볼 수 있었다. '불은 어디까지 넘어간 걸까? 북한 군인들이 우리가 일부러 불을 냈다고 생각하는 건 아닐까? 전쟁이 일어나면 어떡하지?' 이런저런 생각들을 하다 창틈으로 새어 들어온 옅은 탄 냄새를 맡으며 잠이 들었다. 회색빛의 텁텁하고 가벼운 먼지의 맛이 느껴졌다.

다음 날 엄마에게 산에 있던 벌통이 다 타버려 벌통 주인이 난리가 났다는 이야기, 밤새 지뢰가 터지는지 펑펑 폭약 터지는 소리가 멀리서 들렸다는 말을 들었다. 휴전선과 인접한 이곳은 지뢰 매설 지역이 많았다. 산과 벌판에서 조금만 깊게 들어가도 철조망을 치고 '접근 금지! 지뢰 매설 지역'이라는 팻말을 자주 볼 수 있었다. 지뢰 터지는 소리를 못 들은 게 아쉬웠지만 앞으로 사람뿐아니라 노루, 멧돼지 같은 동물들도 지뢰를 밟아 죽지 않겠다고 생각했다.

집 뒤 담벼락에 올라서 들판과 산을 바라보았다. 담벼락에 기대어 자라던 키 큰 아까시나무는 아래 둥치가 검게 그을렸지만 다행히 다 타버리진 않았다. 그 아래 자라던 작은 나무들은 새까맣게 타버려 검은 숯덩이가 되었다. 당분간 들판에서 놀지 못할 거라는 생각이 들었다. 집 옆에 있던 반만 흙이 보이던 대머리 산은 이제 완전하게 대머리 산이 되었다. 그때 빨간 꼬리의 잠자리가 날아와 담벼락에 살포시 앉았다. '넌 무사하구나. 참 다행이야.'

4장

그 집

군화와 지휘봉

아빠는 출근할 때마다 현관 입구에 걸터앉아 엑스자로 매어진 군화 끈을 단단히 조였다. 그건 육상 선수가 달리기 시합 전 운동화 끈을 단단히 조이는 샷처럼 하루를 시작할 때의 굳은 다짐 같았다. 군화의 까만 코가 반짝 윤이 났다. 집에서는 누군가 군화를 닦는 모습을 본 적이 없으니 대대장실 옆방에 있는 아저씨의 솜씨일 것이다.

"아빠, 다녀오세요."

"응. 그래."

아빠는 늘 고개를 돌아보지 않은 채 대답했다. 나는 매일 아빠의 출근길에 아빠의 등만 본다. 아빠가 뒤돌아 나를 향해 웃어주며 인사를 받아주면 좋겠다고 생각했다.

아빠는 내가 깨어있을 때는 거의 볼 수 없다. 내가 일어나기 전 이미 출근했거나 자고 나면 들어오기 때문이다. 입학식, 운동회, 소풍 때도 언제나 엄마만 왔다. 이삿날에도 아빠는 나타나지 않았다.

주말에 아빠가 집에 있으면 대화를 많이 나누지는 않았지만, 소파에 앉아 책을 읽는 아빠 모습을 바라보면 기분이 좋았다. 아빠가 없을 때 아빠의 책들을 몰래 들춰보곤 했다. 〈목민심서〉, 〈그 섬에 가고 싶다〉 이런 제목의 책들을 의미도 모른 채 읽었다. 아빠의 책을 읽는 것은 무언가를 공유하는 것 같아 좋았다.

아빠는 주말이면 시내 작은 서점에 갈 때 나를 데리고 갔다. 아빠가 책을 고를 때면 나는 선반 위 매끄러운 표지의 새 책들을 물끄러미 바라보았다. 그것들은 깨끗하고 투명한 유리의 느낌, 맑은 개울물이 햇살에 비칠 때의 그런 느낌이었다. 지문이 묻으면 안 될 것 같아, 나는 눈으로만 그 책들을 보았다. 킁킁 코를 가까이에 대면 새 책이 담고 있는 종이 냄새가 났다. 새 책이 갖고 싶었지만 사달라고 조르지는 않았다. 그저 아빠와 둘이 외출하는 것만으로도 기분이 좋았다.

크리스마스 때 아빠는 시장에 있는 장난감 가게에서 내게 선물을 사 줬다. 엄마와 아빠는 나더러 가지고 싶은 것을 직접 고르라고 했고, 나는 아주아주 신중하게 골랐다. 크고 네모난 상자에 담긴 인형을 골랐다. 노란 긴 머리에 눈이 크고 속눈썹이 긴, 예쁜 분홍색의 뺨과 입술을 가진 미미 인형이었다. 인형은 핑크색 드레스를 입고 하얗고 반짝이는 보석이 박힌 뾰족구두를 신고 있었다. 상자 오른편에는 왕관, 핸드백, 갈아입을 여벌의 짧은 드레스가 금색의 끈으로 묶여 있었다. 내가 그 인형을 손으로 가리키자 아빠가 장난감 더미 속에서 미미 인형을 꺼내 내 품에 안겨주었다. 나는 세상을 다 얻은 것만 같이 가슴이 부풀어 올랐다.

우리 집 거실 텔레비전 옆에는 푸른 용이 그려진 커다란 도자기 항아리가 있었다. 항아리가 언제부터 우리 집에 있었는지는 정확히 기억나지 않는다. 이사를 할 적마다 항아리는 늘 텔레비전 옆에 자리 잡았다. 항아리 구멍에는 아빠의 지휘봉이 3개나 꽂혀있다. 지휘봉은 단단한 쇠로 만들어졌고 손잡이 부분에는 갈색이나 검정 가죽으로 둘러싸여 있다. 그 옆 장식장에는 행사용 군복을 입고 챙이 달린 멋진 모자를 쓴 아빠의 사진이 담긴 액자가 놓여있었다. 군복을 입고 부리부리한 눈을 한 아빠 사진을 보면 무섭다는 생각이 든다. 어느 날 아빠에게 이런 이야기를 했더니 내가 잘못한 것이 있으니까 무서운 거라 했다. 나는 얼마 전 아빠의 크리스털 재떨이에 종이를 태우는 불장난을 했는데, 불태운 흔적을 없애려 화장실로 가 찬물에 담그는 순간 '쩍' 하는 소리와 함께 재떨이가 두 동강이 나 버렸다. 혼이 날까 두려워진 나는 깨진 재떨이를 얼른 들고 나가 땅에 묻어버렸다. 다음날 아빠가 담배를 태울 때 재떨이를 찾을까 봐 종일 가슴이 콩닥거렸고, 전날 내가 저지른 일을 알게 된 건 아닐까 하는 두려운 마음에 아빠의 눈치를 살폈지만 어쩐 일인지 엄마나 아빠나 재떨이를 찾지 않았다.

일요일 오후 신발장에 아빠가 벗어놓은 군화가 보였다. 단단한 앞코에 비해 발목을 감싸는 군화 위쪽 부분은 주글주글해져 헤벌쭉하게 벌어져 있었다. 군화의 축 쳐진 모습이 왠

지 아빠의 한숨 같았다. 슬며시 군화 끈을 조여 신발을 일으
켜 세웠다.

어른들은 자신도 모르게 쉬는 한숨처럼 '힘들다'는 이야기
를 자주 했다. 소파에 푹 앉으며, 무릎을 힘겹게 짚고 일어나
며, 힘들다는 말을 자주 내뱉었다. 그런 말을 들을 땐 어른이
되고 싶지 않아 '어떻게 해야 어른이 되지 않을까?' 생각했지
만, 엄마나 아빠가 나에게 화를 내거나 매를 들 때면 이런 생
각을 내 안으로 쏘옥 집어넣어 버렸다.

그건 아빠가 아니야

일요일은 아빠를 많이 볼 수 있는 유일한 날이다. 엄마는 일요일 저녁이면 삼겹살을 굽고는 했다. 아빠는 집에 있는 날 저녁은 삼겹살에 흰 쌀밥과 소주를 마셨다. 아빠가 있는 날엔 신났다. 그날 고기를 먹을 수 있다는 의미였기 때문이다. 그런데 오늘은 일요일인데 아빠가 없었다. 교회에 다녀왔는데도 아빠는 여전히 집에 없었다. 오늘은 고기를 먹지 못할지도 모른다고 생각하니 속상했다. 갑자기 엄마가 동생을 둘러업고 나에게 어딘가 가야 한다고 했다. 어디로 가는지 정확히 알지 못한 채 엄마 손에 이끌려 나갔다. 작은 읍내는 도시로 가는 버스 정류장이 있었고 치킨집, 중국집, 돈가스를 파는 경양식집 같은 곳도 있다. 나는 생일과 크리스마스에 그 경양식집에서 돈가스를 먹어 본 적이 있다. 걸쭉하게 흘러내리던 수프와 달짝지근한 돈가스 소스 맛이 떠올라 입 안에 침이 고였다. 고인 침을 꿀떡 삼켜보아도 떠오른 그 음식의 맛이 안 난다는 것은 매우 아쉬운 일이다.

읍내 거리를 이리저리 헤매던 엄마는 아빠의 지프차를 찾는다고 했다. 작은 읍내라 삼십여 분 정도 지나 엄마는 드디어 한 골목에서 아빠 차를 찾았다. 운전병 아저씨는 목욕탕 골목 사이에 차를 대고 차 안에 앉아 있었다. 엄마가 차 문을 두드리자 아저씨는 놀라는 표정이다. 나는 영문도 모른 채 차 뒷자석에 앉아 멍하니 차창 밖 너머로 사람들이 지나다니는 것을 보았다. 졸음이 몰려와 깜빡 잠이 들려고 하는데 엄마가 외쳤다.

"저거 너희 아빠지?"

순간 눈이 번쩍 뜨여 이쪽저쪽으로 눈을 굴려 앞을 살펴보았다. 좁은 골목에 차를 세워둔 탓에 지나가는 사람들이 골목거리 폭 딱 그만큼만 보였다. 엄마는 동생을 업은 채 그대로 차에서 내려 후다닥 뛰어갔다.

"아니야. 방금 본 건 아빠가 아니야."아저씨는 다정한 눈
빛으로 나를 쳐다보며 말했다. 운전병 아저씨는 크리스마스
때 나에게 예쁜 크리스마스카드를 써 준 좋은 사람이다. 나
는 창밖으로 소리를 질렀다.

"엄마! 아빠 아니래. 아니래. 엄마! 엄마!"

내가 애타게 불렀지만, 엄마는 이미 사라진 후였고, 나는
마냥 기다리는 수밖에 없었다. 차 창문에 입김을 불어 그림
을 그리며 엄마를 기다렸다. 이윽고 엄마는 동생과 돌아왔
다. 엄마의 눈가가 붉어져 있었다.

"집으로 가자. 아까 여자랑 팔짱 끼고 가던 사람은 아빠
가 아니야."

묻지도 않은 이상한 말을 하는 엄마를 빤히 쳐다보았다.
나는 집으로 돌아와 피곤함에 곧바로 곯아떨어졌다.

아침에 일어나니 아빠는 이미 출근했는지 없고 엄마가 안
방에 누워있었다. 엄마의 오른쪽 눈 가장자리에 커다란 보
라색 멍이 생겼다. 나는 왜 이렇게 되었냐고 묻지 않았다.

"엄마 며칠 외할머니네 다녀올게. 당분간 진아 아줌마네
가서 있어."

가지 말라고 하면 안 될 것 같았다. 아니 엄마가 갔으면 했

다. 나는 말없이 고개를 끄덕이며 엄마를 바라보았다. 엄마는 무릎에 얼굴을 파묻으며 엉엉 소리 내어 울었다. 나는 조용히 옷을 입고 외할머니가 사 준 빨간색 책가방을 메고 집을 나왔다. '나도 외할머니가 보고 싶은데….'

학교에서 집으로 돌아와 보니 엄마는 안방 이불 위에 누워 있었다. 링거병이 옷걸이에 걸려있고 팔에는 주삿바늘이 꽂혀있었다. 동생은 진아 아줌마가 봐주고 있다고 했다. 안도감이 들면서도 외할머니네 가지 않은 엄마가 미웠다.

"군의관 아저씨가 주사를 놔주고 갔어. 엄마 안 가."

조용히 방문을 닫았다. 링거는 아빠식 사과였다. 나는 엄마기 아플까 걱정되기보다 주사를 놓아준 군의관 아저씨가 엄마의 멍을 봤다는 사실이 부끄러웠다. 밖으로 나가 가만히 예삐의 털을 쓰다듬어 주었다. 예삐의 흔들리는 꼬리처럼 내 마음도 이리저리 흔들렸다.

거미

거미는 여름 내내 우리 집 뒤편 창고 처마 밑에 매달려 있었다. 학교로 걸어가는 길에 보면 내 두 팔을 벌려야 할 만큼 큰 거미줄이 많았는데, 집 뒤편의 거미는 욕심이 없나 보다. 내 손바닥만 한 작은 거미줄을 쳐 놓은 채 미동도 없이 늘 거기 매달려 있었다. 간혹 하루살이 같은 작은 벌레들이 붙어 있었다. 거미는 여름 내내 몸집이 커지지도 않았다. 거미줄도 거미도 늘 정지된 상태로 보였다.

집 뒤로 가서 놀 때면 자주 거미를 쳐다보았다. 거미줄이 커졌는지, 거미는 좀 자랐는지, 큰 나방 같은 것이 걸리진 않을까 하는 기대를 하면서. 하지만 거미는 늘 그대로인 채 여름을 보냈다. 사실 나의 하루하루도 그 거미와 같았다.

하루는 엄마가 큰 상자를 받아왔다. 방독면과 함께 건빵, 통조림과 작은 전등, 붕대와 소독제 등이 담겨있었다. 방독면은 물안경 같기도 한데 엄마가 쓴 걸 바라보고 있으니 우습기도 하고 약간 무섭기도 했다. 영화 속 지구를 공격하러 온 외계생명체 같았다.

"이건 뭐야?"

"응. 그건 전쟁이 날 때 쓰는 거야. 만약 북한군이 가스 같은 걸 살포하면 그걸 쓰는 거야."

방독면을 슬쩍 바라보았다. 우리 집은 아빠를 제외하고도 나를 포함해 세 명인데 그럼 방독면은 누가 써야 하는걸까? 방독면이 세 개가 아니라 한 개밖에 없는 것이 무척 의아했다.

어른들은 전쟁은 쉽게 날 수 없다고 말했다. 전쟁이 나면 아빠는 군인이기 때문에 북한군과 싸우러 나가야 한다고 했다. 전쟁을 떠올리면 무서웠다. 아빠가 전쟁터에서 거실 항아리에 꽂힌 은색 지휘봉을 들어 대포 쏘는 것을 지휘하며 전쟁을 하는 상상을 했다. 상상이 잘 되기도 하고 안 되기도 했다. 휴일에 올라가 본 전망대에서 북한 땅을 바라보았던 기억이 떠올랐기 때문이다. 휴전선 너머 집들이 모인 작은 마을, 북한 초소에 군인들은 머리를 감거나 운동을 하고 있었다. 그 모습은 마치 여름날 물놀이를 갔을 때 함께 간 삼촌들 모습 같았다. 전쟁은 먼 이야기인 것만 같았다.

어떤 것들은 자주 변하고 어떤 것들은 변하지 않았다. 아빠가 늦게 오는 것, 깨어있을 때 자주 볼 수 없는 것, 비가 올 때 그 누구도 학교에 데리러 오지 않는 것, 그래서 마음이 젖어드는 일 같은 것은 변하지 않았다.

가을에 접어들자 집 뒤편 거미줄에 작은 벌레조차 걸려있지 않았다. 거미는 쪼그라져 작아지는 것 같았다. 거미를 바라보며 말했다.

'너는 왜 다른 곳으로 가지 않니?'

그러던 어느 날 거미를 자주 보지 않았던 날들이 지나고 거미는 사라졌다. 거미줄도 사라졌다. 변하지 않는 것노 언젠가는 변할 수 있나 보다.

거북이가 다시 나타났을 때의 기쁜 마음, 죽어버렸을 때의 슬픈 마음, 오성균에게 초콜릿 상자를 받기 전과 받은 후의 마음 같은 것….

거미와 거미줄이 사라지고 없는 곳을 보니 마음이 이상해졌다. 저녁 이슬에 젖은 낙엽과 땅의 축축한 냄새가 서늘하고 그윽한 가을 공기에 휘감겨 코로 들어왔다.

어쩌면 전쟁이 일어날 수도 있고, 어쩌면 통일이 될 수도 있다는 생각이 들었다. 내내 변하지 않는 어떤 것들이 일순간 마법처럼 변할 수도 있으니까….

예삐, 예삐, 나의 예삐

예삐는 우리 집 첫 강아지다. 그동안은 주로 군인 아파트
에서 살아 개를 키우지 않았는데, 관사 주변에는 개를 키우
는 집이 많았다. 아빠가 강아지 한 마리를 얻어왔다. 그래서
우리 집에도 드디어 강아지가 생겼다. 강아지에게 '예삐'라
는 이름을 지어줬다.

예삐는 귀가 삼각형으로 솟은 흰색과 옅은 갈색 털이 섞인
암컷 발바리였다. 나는 한눈에 예삐를 사랑하게 되었다. 예
삐의 집은 내 방 창문 아래 있었다. 군인 아저씨가 나무를 잘

라 못을 박고 초록색 페인트를 곱게 칠해 초록색 개집을 만들어 주었다. 〈빨강머리 앤〉의 주인공 '앤 셜리'가 사는 초록 박공지붕의 집 같은 예삐의 집이 마음에 들었다. 그 안에 볏짚과 천을 넣어주었다. 가끔 캄캄한 밤에 예삐가 잘 있는지 궁금해져 방 창문을 열고 아래를 내려다보았다. 그러면 예삐가 집에서 고개를 빼꼼 내밀고 나를 올려다보았다. 예삐와 나의 눈이 마주치는 그 순간을 사랑했다. 나를 지켜주는 든든한 존재가 내 방 밖에 항상 있다는 생각에 행복한 마음이 들면서도 한 편으로는 깊고 깊은 어둠이 예삐를 어디론가 데려갈까 무서웠다.

한번은 창문을 열고 아래를 내려다보는데 예삐가 보이지 않았다.

"예삐야." 하고 불러 봐도 개집에서 나오지 않았다. 순간 덜컥 가슴이 내려앉았다. 예삐의 집 한쪽은 우리 집 내방 벽과 맞닿아 있었지만 다른 쪽은 컴컴한 들판과 사격장이었기 때문이었다. 나는 조금 더 소리를 높여 크게 불렀다.

"예삐야."

"예에삐야아…."

그러자 저 어둠 속에서 흰 물체가 점점 다가오는 것이 눈에 들어왔다. 털을 잔뜩 휘날리며 달려온 예삐는 내 방 창가 밑에서 나를 바라보며 꼬리를 잔뜩 흔들어 댔다.

"야! 불러도 나오지 않아 걱정했잖아. 밤에 어딜 그렇게 다니니?."

이런 내 맘을 아는지 모르는지 예삐는 나를 향해 컹컹 짖었다.

원래부터 작은 강아지가 아니라 조금 큰 상태로 온 예삐는 우리 집에 온 지 얼마 안 되어 임신을 했다. 동네 아이들과 주변에서 놀 때면 개들끼리 엉덩이가 붙어 낑낑거리는 모습을 볼 수 있었다. 나는 수컷 개 배 아래쪽에서 빨간 고추가 나온 것을 보고 화들짝 놀랐다. 남자아이들은 막대기를 들고 개를 따라가거나 교미하는 개들을 발로 차기도 했다. 그러면 그 개들은 도망도 못 가고 아이들에게 막대기로 맞았다.

나는 우리 예삐가 아이들에게 험한 꼴을 당하지 않고 임신한 것에 감사했다. 예삐는 임신하자 젖꼭지가 커지고 털의 윤기도 잃었다. 예삐의 푸석해진 털을 골라주다 보면 예삐의 핑크빛 살결에 주둥이를 박고 몸이 빵빵하게 부푼 진드기를 발견하기도 했다. 자신의 피를 강제 수혈당하는 데도 예삐는 아무것도 모르나 보다. 예삐는 부른 배를 하고도 내가 다가가면 바닥에 발랑 드러누워 꼬리를 흔들었다. 기분이 좋으면서도 왠지 짠한 마음이 들었다.

저 멀리 아빠의 지프차가 오는 소리가 들리면 예삐는 100m 앞 관사 입구까지 달려가 지프차 옆 바퀴에 가까이 붙어 집으로 함께 달려왔다. 예삐는 아빠가 지프차에서 내려오면 가장 먼저 반겼다. 그래서인지 아빠는 예삐를 무척 예뻐했다. 예삐를 쓰다듬어 주고 머리를 톡톡 두드려 주었다. 나와 내 동생에게는 한 적 없는 다정한 인사였다. 나는 예삐가 조금 부럽고 샘이 났다. 그래도 여전히 나는 예삐가 좋았다. 내가 부르면 언제나 달려오며 꼬리를 흔들어 대는 나의 예쁜 개. 예삐한테서는 계절마다 다른 바람의 향이 맡아졌다. 예삐는 계절의 전령이었다.

눈이 펑펑 오는 날 아빠가 퇴근하면서 예삐 집을 들여다보았는데 쥐가 있다고 했다.

"쥐가 있다고요?"

그 말을 들은 엄마와 나는 깜짝 놀라 밖으로 나가보았다.

빗자루를 손에 쥔 아빠는 다시 안을 들여다보더니 예삐가 새
끼를 낳았다고 했다.

핑크색 살이 다 비치는 흰색 털의 갓 태어난 강아지가 개
집 바닥에서 꼬물거리며 기어다니는 것이 보였다. 갓 태어난
새끼는 실험용 흰색 쥐 같아 보이긴 했다.

엄마와 아빠는 예삐의 집을 거미가 살던 천막 창고로 옮겼
다. 지푸라기와 부드러운 천을 잔뜩 깔아주고 따스한 물을
잔뜩 떠 주었다. 그날 밤 예삐는 세 마리의 새끼를 더 낳았는
데 한 마리는 죽었다고 했다. 아빠는 예삐의 출산을 밤새 지
켜보았는데 죽은 새끼를 계속 핥더니 오랫동안 움직임이 없
자 입으로 물어 개집 밖으로 내다 놓았다고 했다.

아침에 예삐의 집에 가 새끼들을 보았다. 엄마가 된 예삐
는 낯설었다. 경계의 눈초리는 아니지만 반기는 기색도 아니
다. 몰골이 초췌한 모습으로 연신 새끼들을 핥았다.

"예삐 수고했어. 이따 보자."

하얗고 핑크색의 코를 가진 강아지 세 마리가 눈도 못 뜬
채 개집 바닥에서 꼬물꼬물 기어다녔다. 예삐는 새끼들이 싼
똥과 오줌까지도 혀로 핥아먹있다.

"으으."

나는 차마 못 볼 것을 본 괴로움에 눈을 질끈 감았다. 그렇지만 마음 한편으로는 '엄마의 마음은 저런 걸까.' 하는 생각을 했다. 엄마는 평소 개를 좋아하지 않아 예삐를 만지거나 어루만져 준 적이 없었는데 출산한 예삐에게 이것저것 갖다주더니 손을 뻗어 예삐의 이마를 슬쩍슬쩍 어색한 손짓으로 오래 쓰다듬어 주었다. 엄마들만의 동질감이 느껴진 것일까? 엄마도 예삐처럼 피로하고 얼굴이 푸석해 보였다. 나는 엄마를 가만히 안아주고 싶었지만 손만 움찔거렸다.

불법 과외

어느 날 엄마가 집으로 선생님이 오신다고 했다. 수학과 영어 과외를 할 것이라고 했다. 선생님은 군대 오기 전에 사범대학에 다녔다고 했다. 사범대학에 대해 잘 몰랐지만 거기를 나오면 선생님을 하는 것이라고 들었다.

선생님은 저녁쯤 도착했다. 지프차를 타고 군복을 입은 채 오셨다. 선생님과 나란히 책상에 앉아 문제집을 풀 때면 아빠 부대 안 내무반에서 맡았던 냄새가 희미하게 맡아졌다. '이 냄새는 군인의 냄새일까? 아니면 성인 남자의 냄새일까?' 나는 그 냄새가 궁금해졌다.

선생님이 오면 엄마는 접시에 과일을 예쁘게 담아 책상 언저리에 두고, 마치 누가 쫓아내는 것처럼 서둘러 나갔다. 사실 나는 공부 할 적마다 자주 멍하니 딴 생각을 했는데 말이다.

　수학 문제집과 연습장을 펼치고 문제풀이를 했다. 틀린 문제는 선생님이 연습장에 풀어주었다. 선생님의 손은 하얗고 길었다. 학교 담임선생님의 손보다 더 고와 보였다. 선생님은 행정병이라고 했다. 사무직 같은 거라고 했는데 사실 사무직도 뭔지 잘 몰라 그냥 고개를 끄덕였다. 나는 수학이 싫었다. 복잡한 건 딱 질색이다. 책을 읽을 때와 같은 즐거움이 없다. 나의 이런 마음과 달리, 선생님은 일주일에 한 번씩 오셨고, 나는 자주 반쯤 멍한 상태로 연습장에 문제 푸는 선생님의 하얗고 긴 손가락을 바라보았다.

　관사 오총사가 모여 학교에서 집으로 오는 길이었다. 학교에서 가훈 써내기 숙제를 내주었는데 각자 아버지가 화선지에 붓글씨로 쓴 가훈을 가져왔다. 친구들의 아버지들은 서툰 솜씨지만 정성을 들여 써 준 것 같아 부러웠다. 엄마에게 가

훈 숙제에 대해 말하자 아빠 부대에서 붓글씨를 잘 쓰는 아
저씨에게 가훈을 써달라고 해서 받아온 것을 나에게 주었다.

'가화만사성' 너무 흔한 가훈이라 숙제를 모아 낼 때 부끄
러운 기분이었다. 사실 우리 집은 가훈이 없었다. 그렇다고
해서 아빠는 가훈을 급조해 만들지도 않았다. 아빠는 늘 바
빴다. 사실 반 아이들 중 삼분의 일가량은 '가화만사성'을 써
왔다. 식상한 가훈이지만, 특이한 가훈은 놀림을 받았기에
평범한 것이 더 낫다고 생각하기로 했다.

문제의 발단은 관사 오총사 중 최강이 갑작스레 나에게 딴
지를 건 것이었다.

"그 가훈 네 아빠가 쓴 거 아니지?"

다 안다는 듯이 최강이 불만 섞인 표정과 말투로 물었다.
순간적으로 당황한 나는 얼굴이 굳어져 아무 말도 못 했다.

"너, 그리고 과외 한다며?"

아빠와 최강의 아버지는 같은 부대였다. 아빠는 부대에서
는 최고 높은 대대장이고 최강의 아빠는 부사관이라고 했다.
누구 하나 그것에 대해 언급하지 않았지만 그 사실은 자주
내 마음을 불편하게 만들었다. 우리는 같은 반 친구인데 아

빠 사이가 대대장과 부하 사이라는 것은 우리 사이에 보이지 않는 벽이 있는 것 같았다. 엄마에게 최강이 한 말들을 전했다. 엄마는 아무런 대답도 하지 않았다.

얼마 후 최강이 형과 함께 나를 가르치는 군인 선생님께 과외를 한다고 들었다. 배신감이 들었다. 무엇에 대한 배신감인 줄은 모르겠지만 최강에게 속은 기분이다.

과외 선생님은 이제 집으로 오지 않는다. 내 성적이 오르지도 않았고, 엄마는 여러 사람에게 말이 오가는 게 신경 쓰인다고 했다. 선생님에게 작별 인사를 하지 못해 아쉬웠다. 그래도 더 이상 과외를 하지 않게 되어 좋았다. 군인 선생님이 과외를 하지 않게 되어 좋은지 안 좋은지 알 길이 없지만, 나는 일요일 교회에서 하얗고 긴 손가락을 가진 그 선생님이 군대에서 나가면 좋은 선생님이 되기를 눈을 꼭 감고 기도했다. 그리고 최강을 미워하지 않기를 빌었다. '아멘. 할렐루야.'

세계 문학 전집

대한민국 어디나 공부를 잘해야 사회 나가서 성공하고 잘
산다는 의식이 따르기 마련이고 그런 생각은 비무장지대의
북한과 근접한 이곳도 마찬가지였다. 입시 학원이나 국영수
학원은 없지만, 책을 파는 출판사 영업 직원들은 이곳까지
파고들었다. 우리 엄마 역시 남들에게 뒤떨어지면 안 된다는
생각이 확고한 대한민국의 학부모였다.

엄마가 내 방 창가에 들여 준 적갈색 다섯 칸짜리 책장에
는 세계 문학 전집이 꽂혔다. 체리색의 두꺼운 페인트칠 위
에 더 두껍게 칠한 니스가 발라져있었다. 가끔 니스가 방울

반경 2km

째 그대로 굳어서 붙어있는 것도 있었다. 마치 풀잎 위에 맺혀진 새벽녘 이슬처럼. 니스가 어찌나 두껍게 칠해져 있는지 오래 지나고 나서도 책장 가까이 코를 대면 니스의 냄새가 콧속으로 스며들었다. 좋은 냄새는 아니지만 맡고 있으면 왠지 계속 맡고 싶어지는 그런 냄새였다.

나는 학교에서는 교실 뒤편의 학급 문고를 읽고 집에 와서는 세계 문학 전집을 읽었는데, 여러 번 읽어서 곧 모든 책을 펴지 않고 표지만 보아도 책 내용을 알 수 있었다. 나는 그대로 여기 현실 세계에 있지만, 나의 일부는 책 세상 속으로 들어가 여행을 하는 기분이 좋았다.

겨울이면 노란 장판이 뜨거워졌고 연탄보일러는 마치 땔감을 때는 아궁이처럼 어느 한구석은 뜨겁게, 다른 한쪽은 냉랭한 기운을 품게 만들었다. 요를 깔아두면 노란 장판이 타들어가 갈색으로 변하고 요의 꽃무늬까지도 살짝 누렇게 변색되었다. 두꺼운 이불을 덮고 누우면 등은 뜨겁고, 외풍 때문에 얼굴과 코에는 차가운 공기가 맴돌았다. 그 따뜻해진 요 위에 배를 깔고 세계 문학 전집을 읽었다. 겨울에는 바람 소리가 더 거세져 사격장 절벽에 부딪혀 휘몰아쳤다. 마치 〈폭풍의 언덕〉 속에서 부는 거센 바람처럼 마음을 할퀴는 소리였다. 그러나 작은 관사 안 작은 내 방안은 포근했다. 그 안에서 걸리버를 따라 소인국에 가고 거인국도 갔다. 〈걸리버 여행기〉의 삽화를 좋아했는데 거대한 걸리버가 해변에 기절해 있을 동안 소인국 사람들이 걸리버를 꽁꽁 묶어 둔 장면은 특히 좋았다. 〈해저 2만리〉를 읽을 때는 깊은 바닷속을 모험하며 진주 채취장을 헤매고 대왕오징어를 아슬아슬하게 무찔렀다. 그리고 네모 선장이 살아있기를 바랐다. 〈돈키호테〉를 읽을 때는 산초가 되어 엉뚱한 여행길을 동행하고, 〈비밀의 화원〉에 들어가서 담장 속 정원에서 작은 새를 만나고 장미꽃 향기를 맡으며 산책했다. 언젠가는 나에게 〈키다리 아저씨〉가 짠 하고 나타나 나의 부모님과 헤어지는 슬프고도 행복한 상상의 나래를 펼치기도 했으며, 〈로빈슨 크루소〉를 통해서는 외로움과 모험심, 포기하지 않으며 살아가는 끈기를 배웠다. 나는 온 사방이 깜깜한 휴전선 근처가 아닌 책 속의 세상에 존재했다. 그리고 아침이면 깨어나 다시 민통선 안 초등학교로 등교했다. 문장 사이에 작은 조각으로 나뉜 나를 책꽂이에 꽂아둔 채로.

반경 2km

5장

끝,

다시 시작

빨강

부짱 오성균의 갑작스러운 메시지를 통해 강원도 철원군 읍에서도 더 깊숙이 들어간 휴전선 근방의 학교, 동네, 나의 작은 옛집을 떠올렸다.

초등학교 시절 우리는 미술 수업 시간에 반공 포스터를 자주 그렸다. 잘 그린 포스터는 학교 게시판에 오랫동안 붙어 있었다. 한반도를 반으로 나누고 위쪽 북한은 검거나 빨간색으로 칠하고, 아래쪽 대한민국은 흰색이나 파란색으로 칠했다. 그리고 북한 쪽에는 빨간 뿔과 삼지창을 들고 있는 악마의 모습이나 타오르는 불길을 그렸다. 대한민국 옆에는 평화의 상징인 흰 비둘기 비둘기가 주된 소재였다.

죄, 악, 나쁨은 빨간색이고 착함, 평화는 흰색이었다. 왜 우리들은 그렇게 그리고 색칠했을까? 그런 우리의 어린 시절은 어떤 어른을 만들었을까?

내게 죽음은 특별하고 아득한 사건이 아니었다. 운동장을 파면 6.25 전쟁때 파묻은 사람 뼈가 나온다는 학교 괴담, 곳곳에 지뢰 매설지역을 알리는 표지판, 지뢰를 밟아 죽은 사람들의 이야기, 총칼과 수류탄을 차고 다니는 군인들, 봄이면 붉게 타오르는 산불과 꺼진 후 밤중에도 멀리서 빛나던 붉은 불씨들, 총기 사고로 죽었다는 군인 이야기, 군인회관에 아무도 없는 밤마다 샤워기가 틀어진다는 괴담, 철조망 건너편에서 사람을 홀려 죽음에 이르게 하는 처녀 귀신. 죽음은 일상의 이야기였고 내 주변을 맴돌던 일이었다. 그래서 나는 '죽음'에 '눈물'을 흘리지 않는' 사람이 되어버린 걸까?

얼마 전 서울에서 차를 몰고 집으로 오고 있었다. 올림픽대로 부근이었다. 왼편으로 63빌딩의 유리창이 금빛으로 빛나고 오른편의 한강은 윤슬이 빛나고 있었다. 부드러운 바람이 살갗을 간지럽히는 좋은 날씨였다.

그때 야생 오리 가족을 보았다. 엄마 오리가 다섯 새끼 오리를 거느리고 갓길에 정차된 차들을 피해 이동하고 있었다. 나는 차의 속도를 늦추고 흐뭇한 마음으로 바라보았다. 그 행렬이 흩어진 건 오리 가족 옆을 지나던 차의 빠른 속도 때문이었다. 놀란 어미 오리가 허둥지둥하자 새끼 오리들은 사방으로 흩어졌다 그러던 중 마지막에 뒤따라가던 새끼 한 마리가 2차로 중앙선 쪽 도로로 뛰어 들었다. 나는 갓길에 차를 대고 내렸다. 다행히 지나가는 차가 없어 중앙선 근처에 있던 새끼 오리 옆에 설 수 있었다. 손으로 들어올리기만 하면 되는데 더럭 무서워졌다. 멀리서 귀엽게 보인 어린 존재가 가까이 서니 급작스레 공포의 대상이 되었다. 발만 동동거리던 중 오리는 급기야 반대편 차선으로 달리기 시작했고, 택시가 오리 위로 쌩하고 지나갔다. 집으로 오는 길에 나는 빨강이 되었다.

가끔 먹이를 주던 길고양이가 새끼 다섯 마리를 거느리고 집 건너편 공터에 나타났다. 울타리가 쳐진 그곳은 주인이 아니고는 들어갈 수도 없어 오가는 사람들이 없고 건축

자재가 높이 쌓여있어 고양이들이 한낮의 햇볕을 쬐기 안전하고 좋은 장소였다. 며칠 동안 고양이 근처로 다가가 고양이 먹이 캔을 일회용 그릇에 담아주었다. 어미는 "하악" 소리를 내며 경계했지만 캔에서 따라준 먹이를 허겁지겁 잘도 먹었다. 새끼들은 눈치를 보며 다가와 먹이는 먹었지만 가까이 다가서려 하면 어미 곁으로 얼른 도망쳐 버렸다. 고양이들이 허락한 거리에서 새끼들을 지켜보았다. 새끼 고양이들 눈이 엉망이다. 인터넷에서 검색해 보니 거리에 사는 고양이들은 헤르페스에 잘 걸리는데 오염된 물이나 안 좋은 환경 때문에 세균에 감염된다고 했다. 동물병원에서 약을 사 먹이에 타 주었다. 수의사는 안약을 직접 눈에 넣어줘야 효과적이라고 했다. 나는 그 말을 듣고 좀 복잡한 마음이 들었다. '그 새끼 고양이들을 어떻게 잡지? 잡는다 해도 그 다음은?'

아이를 어린이집 차량에 태워 보내고 집으로 들어가려는데 '냐아옹' 하는 희미한 고양이 소리가 들렸다. 길고양이들의 은신처를 보니 아주 작은 새끼 고양이가 어미를 찾는지 연신 애처롭게 울어댔다. 가까이 다가가 살펴보니 두 눈이 눈곱과 진물로 인해 엉망이다. 새끼들 중에서도 상태가 제일 심각해 앞이 아예 보이지 않는 것 같았다. 나는 손을 뻗

으려다 덜컥 무서워졌다. 그때 바로 새끼 오리가 떠올랐다.

나는 다시 무거움을 선택하고 싶지 않았다. 집으로 빨리 뛰어가 잠자리채를 가져왔다. 다행히 새끼는 잡을 수 있는 거리였고 잠자리채를 두어 번 휘둘러 포획했다. 잠자리채에 갇힌 새끼는 매우 가벼웠다. 잘 먹지 못했는지 말라보였다. 나는 새끼 고양이를 품에 안으며 말했다. '괜찮아. 괜찮아. 이제 다 괜찮아질 거야.'

고양이에게 하는 말인지 나 자신에게 하는 말인지 모를 말을 몇 번이고 되뇌었다.

작가의 말

이 책을 쓰며 오랫동안 짓누르고 있던 마음속 무거움을 마주했습니다.

어린 나의 외로움과 슬픔 그리고 죄책감을 떠올렸습니다.

저뿐 아니라 우리 모두 그런 감정들을 겪어 오며 어른이 된 거라고 생각합니다.

어른이 된 지금도 여전히 무거운 마음이 들고 흔들리는 때가 많습니다.

어린 나에게, 한때 아이였던 어른이 된 모두에게 소설 속 희나가 마지막에 했던 말을 전하고 싶습니다.

"괜찮아. 괜찮아. 이제 다 괜찮아질 거야."

이 책은 저의 첫 번째 책입니다. 그래서 어설프고 부족한 점이 많이 눈에 띄입니다.

독자분들께 저의 용기가 가닿기를 바라는 마음으로 자신 없고 부끄럽지만, 용기를 내어 첫 책을 세상으로 보냅니다.

읽고 난 후 가벼운 마음으로 다시 세상으로 나갈 희망이 생긴다면 좋겠습니다.

반경 2km

1판 1쇄	2023년 10월 20일
글쓴이	박정해
펴낸이	안지민
디자인	서승연
교열자	한정민
펴낸 곳	출판사 리아앤제시
주소	부천시 부천로198번길
이메일	lianjesse@naver.com
ISBN	979-11-977024-2-6
가격	14,000원

〈이 도서는 2023 경기도 우수출판물 제작지원 사업 선정작입니다.〉